Michael Bergstreser

Deichwache

Ein Heptameron

Michael Bergstreser

Deichwache

Ein Heptameron

Erzählung

Impressum

Bibliografische Information der Deutschen
Nationalbibliothek:
Die Deutsche Nationalbibliothek verzeichnet diese
Publikation in der Deutschen Nationalbibliografie;
detaillierte bibliografische Daten sind im Internet über
http://dnb.dnb.de abrufbar.

© 2019 Michael Bergstreser

Foto: Uwe Bergstreser

Herstellung und Verlag: BoD – Books on Demand,
Norderstedt

ISBN: 978-3-7504-2831-7

Inhalt

ERSTES TAGEWERK

Es sei das Rinnsal. Das Rinnsal, das zum Bach, der zum Fluss, der zum sich wälzenden Strom wird. Dieses Rinnsal gelte es zu verhindern, auch durch mich. Ich musste helfen, dass die befürchtete Entwicklung nur möglich blieb. Dass sie nur als Gedanke existierte. „Die Folgen des Deichbruches waren so verheerend wie der Einmarsch einer feindlichen Armee" durfte nur als ein möglicher Satz möglich sein. Der Schrecken musste vorstellbar und unbegreiflich bleiben. Er bezog sich nicht auf das, was war, sondern auf das, was möglich war und noch werden konnte.

Ich war müde, zudem hatte sich die Trägheit des Stromes in den wenigen Tagen meines Hierseins auf mich übertragen und in mir festgesetzt. Bleiern strömte das Wasser seinem Ziel, seinem Meer zu. Als Spaziergänger, deren Schaulust sie zum Hochwasser geführt hatte, an der Beobachtungshütte vorbei gingen, bemühte ich mich, ein besorgtes Gesicht vorzuzeigen. Dies war nicht mein Fluss, dies war der Strom der Einheimischen, der Bauern vor allen Anderen. Ihr Besitz würde zerstört werden, sollte (sollte?) der Deich brechen. Mein Schaudern rührte von der Kälte her, die nicht aus der Hütte zu vertreiben war. Noch sickerte kein Wasser durch den Deich. Die Sandsäcke konnten auch von einem Landschaftsgärtner gestapelt worden sein. Die ruhige Ordnung gefiel mir, in der die zuständige Behörde die Säcke auch hier hatte aufschichten lassen.

Ich sah aus den kleinen Fenstern, als ob ich nicht die Wasser beobachtete, sondern ein wildes Tier bewachte, das seinem Käfig entkommen wollte. Schulthoff, pensionierter Dorflehrer, jetzt Deichwachenkoordinator, wie er mir schmunzelnd beim Bier im Dorfgasthaus gesagt hatte, kam nachmittags vorbei. Er wolle mich mit Kaffee versorgen, sagte er und bot mir einen Schluck aus einer kleinen, mit schwarzem Leder bezogenen Schnapsflasche an. Der Kaffeedampf zog nahezu senkrecht nach oben, ich sah es wie in einem kurzen Erstaunen. Während ich ausatmete, sahen wir nur nach draußen. Grau wie das Wasser war der Himmel, keine Dialektik wollte ich beachten, keine Kausalitäten auch. Zwei Biber schwammen erhobenen Hauptes zu rettenden Ufern.

Der Deich am gegenüberliegenden Ufer teilte das Gesehene unterschiedlich, je nachdem, ob ich den Kopf hob oder senkte. Ich nahm mir vor, am nächsten Tag ein Schwarz – Grau – Weiß – Foto zu machen, um nicht nur Wörter und Sätze für mich zu behalten.

Schulthoff sprach von der ewigen Bedrohung des Menschen als einem Teil der Natur durch die Natur. Schon die Eindeichung des Elementes Wasser, der Versuch der Eindämmung der Naturgewalten zeige die Hybris des Menschen.

Ich sah abgewetzte Stellen, fehlende Rippen an seiner beigefarbenen Cordhose. Seine Wildlederjacke war an den Ellenbogen blankgescheuert. Ich ließ mir nichts anmerken. An ein altes Pferd dachte ich, das Wort Gnadenbrot fiel mir auch plötzlich wieder ein, nachdem es eine lange Zeit nicht in meinem Kopf gewesen war. Die schwarz-gebogene Pfeife rauche er, seit der Arzt ihm Zigaretten verboten habe. Dass der Mensch die Natur bedrohe, widerspräche doch nicht seinen anfänglichen Bemerkungen. Als er ging, blieb er durch den Tabakgeruch noch länger, Teilsätze und Mitteilungen zurück lassend. „Die harmonische Einbettung des Menschen in die Natur ist…" und „Homo Hominis Lupus, aber…".

Am Abend sollten sich alle Deichwachen, die Zeit und Lust hätten, in der Dorfschänke treffen. „Die integrierende Komponente dieser sozialen Aufgabe" im Kopf, trat ich aus der Hütte. Ich überlegte, ob es die Entfernung oder die Zeit seit seinem Fortgehen war, die Schulthoff jetzt so klein erscheinen ließ. Seiner Bedeutung unangemessen klein. Vorstandsmitglieder, Repräsentanten und auch Koordinatoren sollten Gardemaß haben, hatte mein Vater gesagt.

Es hatte zu nieseln begonnen. Nur noch undeutlich konnte ich erkennen, wie Schulthoff sich einen grauen Regenmantel aus Gummi umlegte. Einen solchen Schutzmantel hatte mein Vater oft getragen, als er noch als Vermessungsingenieur gearbeitet hatte. Nach seinem Tod hatte meine Mutter mir den Mantel in den Kleiderschrank gehängt, doch ich hatte meines Vaters Korrektheit nicht übernehmen wollen.

Ich rutschte auf dem nassen, braungrauen Gras aus. Aus der Entfernung mochte Schulthoff glauben, ich hätte aufgestampft. Ebenso konnte er denken, mein Fuß sei lediglich im letzten Moment einem frühen, krabbelnden Käfer ausgewichen.

Ich bemerkte, dass ich in die Schulthoff entgegengesetzte Richtung ging. Der Wachgang erinnerte mich an eine Gratwanderung. Eine Gratwanderung, die ich mit Peter in den Anden gemacht hatte. Heute Abend würde ich mich zwingen, zu Hannah zu sagen, es war schön und interessant in Südamerika, schön und interessant, doch ich freue mich, jetzt hier bei dir zu sein. Das Wasser floss noch immer in die von uns gewünschte Richtung. Über mir hörte ich das Rauschen geordnet fliegender Wildgänse. Die Aussicht, dass es nur Wildgänse waren und nichts weiter, durchzog mich mit warmer Sicherheit. (Nothing like a maiden trip? Nothing but a maiden trip? He smiled).

Als plötzlich ein Schuss fiel, verfolgte ein kleiner schwarzer Hund einen großen braunen Hund über eine winterliche Wiese. Eine Ente, die wenige Minuten zuvor einsam schräg über das Wasser geschwommen war, kehrte jetzt auf der gleichen Linie zurück. Mir fielen wieder schlimme Träume ein, die mich nicht schlafen ließen. Die Ente zeichnete ein vorübergehendes Dreieck auf das glatte Wasser. Als ich Grau als Farbe der Tristesse entlarvte, hätte ich mich erleichtert fühlen müssen.

Es regnete noch immer, ein wenig. Der Chitinpanzer meiner Gefühle sei wasserundurchlässig, ließ keinerlei Vermischungen zu. Ein brauchbarer Satz, wenn Hannah mich wieder mit Tränen zu erpressen versuchte. „Der Chitinpanzer meiner Gefühle ist wasserundurchlässig".

Fische zirkelten konzentrische Kreise auf das Wasser, als wollten sie Kontakt mit mir aufnehmen. Good vibrations schossen durch meinen

Kopf. Die Bäume waren mir in der Weichheit ihrer Spiegelung auf dem Wasser angenehmer als die andere Realität. Der Fluss nahm die Spiegelungen der Landschaft als Erinnerungen mit. Diebstähle und Morde, die am Ufer geschahen, wurden an anderer Stelle abgehandelt. Eine Liebe ohne Hoffnung wurde fort gespült. Ich verschloss meine Gefühle, indem ich sie bei mir behielt. Hannah hatte sich beklagt, doch mein „Lass mir bitte Zeit" hatte sie nicht als Ausrede verstehen können.

Sie war es gewesen, die mich eingeladen hatte, einige Zeit bei ihr auf dem Land zu verbringen, zu entspannen, wie sie sagte. Mehrmals hatte sie inzwischen behauptet, sie habe weder mit Peter, Annie, Christine noch mit anderen gemeinsamen Bekannten darüber gesprochen. Auch über mich und meinen Zustand habe sie nicht geredet. Es sei nur so, dass sie in dem halben Jahr ihres Hierseins noch kaum Kontakt zu den Hiesigen gefunden habe. Vielleicht würde sie auch wegen ihrer Erbschaft ein wenig beneidet. Die leistungsbewussten Bauern hätten ein eigenartiges Verhältnis zum Eigentum, das Majorat gleichwohl gut heißend. Für mich ist es unwichtig, dass dies mein Haus ist, fügte sie eilig hinzu. Sogar die Studienfreunde hätten bei ihren Besuchen zuweilen ein eigenartiges Zucken in den Augenwinkeln sehen lassen.

Ich hatte mich beengt gefühlt und war dankbar gewesen, als Schulthoff sein Fahrrad mit dem gebogenen Lenker auf dem Feldweg abgebremst und gerufen hatte, darf ich 'mal kurz stören. Setzen Sie sich doch zu uns, hatte Hannah geantwortet. Er klemmte das Vorderrad zwischen zwei Zaunlatten, nahm im Näherkommen schon zwei metallisch glänzende Hosenklammern ab und sagte, heute ist der erste schöne Tag in diesem Jahr. Ich fragte ihn nicht, inwiefern der erste schöne Tag sei. Um in medias res zu kommen, es würden noch Freiwillige für die

Deichwache gesucht. Zwar könne man jeden männlichen Erwachsenen mit erstem Wohnsitz im Dorf für die Wache verpflichten, doch hätten die Bauern schon derart viel auf den Feldern zu tun, und Landwirtschaft diene allen, kurzum, man wäre von Seiten der Gemeindeverwaltung dankbar, würden auch die Neuzugezogenen und Gäste einen Beitrag zur Erhaltung der bedrohten Region leisten. Ich bin dabei, sagte ich möglichst nebensächlich. Hannah sah mich erstaunt an, Schulthoff dankte mit einem Kopfnicken. Regenkleidung könne ich mir im Bedarfsfall jeweils vor der achtstündigen Wache im Dorfkrug ausleihen. Er lobte Hannahs Kaffee.

Ich dachte an den bolivianischen Indio, der die auf einem Tuch in der Sonne trocknenden Kaffeebohnen gewendet hatte, indem er längere Zeit barfuß darauf hin und her gegangen war.

Der plötzliche große Anstieg der Temperatur, also auch die Schneeschmelze im Bereich des Flussoberlaufs, dazu die starken Regenfälle in den letzten Tagen und Wochen hätten in diesem Frühjahr das Hochwasser zu einer Gefahr werden lassen. Im Sommer solle der Deich ausgebessert und auch erhöht werden. Er sei alt und bei länger anhaltendem Hochwasser stehe zu befürchten, dass Wasser durchsickern würde oder es eine Unterspülung des Deiches geben könnte. Ein kleines Rinnsal aber könne schnell zu einem mitreißenden Gewässer werden.

Ich sah den Schlamm die Scheiben in Hannahs Haus eindrücken. Schleim quoll durch die Ritzen zwischen den Balken. Fische blieben in Brombeerranken hängen, rissen bei Befreiungsversuchen ihre Schwimmblasen auf, starben japsend. Schimmelpilze verbreiteten sich epidemieartig, rasende Vermehrungen und immer mehr. Holz faulte schneller, als Bäume nachwachsen konnten. Schweine und Kühe trieben mit prallgeblähten, glasigen Bäuchen an der Wasseroberfläche. Über Radiosender wurden Evakuierungen verkündet und Suchmeldungen durchgerufen. Man bemühe sich schon um die ersten Familienzusammenführungen. Die seit langer Zeit vom Fluss mitgeführten Chemikalien und Giftstoffe verseuchten weite Gebiete auf Jahre. Ein Notstand wurde ausgerufen, Frauen schrien, auch wegen ihrer toten Kinder.

Schulthoff reichte mir die Hand. Ich würde mich freuen, könnten wir heute Abend im Krug zusammen ein Bier trinken. Ich höre mich ja sagen. Ich freue mich, hier im Dorf eine Aufgabe gefunden zu haben.

Ich setzte mich auf einen großen sinnlosen Betonklotz auf der Deichkrone. Binsen und Spiegelbinsen kritzelten grün und schwarz ein Klagelied des Flusses auf das Wasser. Er floss in einem Bett, das eine Kommission ihm gestattet hatte. Der Deich wies ihm den Weg, er durfte nicht mehr mäandrieren, nicht mehr die Landschaft verändern. Die Verwandlung der Natur war ein Vorrecht der Menschen. Meine Gedanken schwammen weg, obwohl ich mich gut fühlte. Schon seit Tagen hatte ich keine Kopfschmerzen mehr, kein Druck war mehr auf meiner Brust. Ich war ganz leicht geworden, fast erleichtert. Hier wurden die Blicke nicht von Bergen reflektiert, ich konnte mich in Augenblicken in die Weite der Landschaft entfernen. Ich ließ mich gehen, kein Gedanke sollte mich halten, keine Vergangenheit durfte mich fesseln. Ganz weit öffnete sich das Land hinein in große Entfernungen. Entleerungen. Umstülpungen, die reinigen konnten.

Um einen Entschluss zu fassen, entschied ich für mich, abends in den Deichkrug zu gehen. Von dort würde ich Hannah anrufen, dass ich später käme. Ich würde ein Schinkenbrot essen, das mir schmecken müsste. Lärmendes Lachen würde mich einbeziehen. Ein Kartenspiel mit Schulthoff und dem Krämer würde meine Aufmerksamkeit gefangen nehmen. Ich könnte wieder zu rauchen beginnen. Mit ruhigen Händen würde ich die Zigarette zum Mund führen können. Leicht würde ich angetrunken zu Hannah gehen.

Mit den Fingerkuppen befühlte ich vorsichtig die kleinen Steine im Betonklotz. Sie waren in den rundlichen Formen sorgfältig ausgewählt. Größen und Farben wirkten einheitlich, alles war sehr harmonisch auf einander abgestimmt. Der rötliche Ton der Steine gab dem Grau des Zements den Sinn. Millionen kleiner grüner Halme schufen das werdende Getreidefeld zum Dorf hin. Dankbar sah ich die rechtwinklig zum Deich verlaufenden Reihen. Nicht nur vom Flugzeug aus waren die Quadrate und Rechtecke der Wiesen und Äcker gut zu erkennen. Es gab keine Streitigkeiten. In der Kneipe hatte ich einen Bauern aus dem Dorf anfangs für einen Chemiker mit Landsitz gehalten. Ich fand in meiner Hosentasche zwei Büroklammern, die ich in der selten benutzten Tasche des Jacketts verschwinden ließ. Es war dunkler geworden, so dass ich auf die Uhr blickte: es war Zeit, die heutige Deichwache zu beenden. Wiederum keine besonderen Vorkommnisse.

An der Eingangstür der Kneipe zwinkerte eine Neonröhre. Es wäre mir angenehm, Gast zu sein, die Gaststube war nicht zu hell ausgeleuchtet. Einige Blicke schienen mir bedrohlich. Mit den Fingerspitzen kratzte ich über eine Wange, wie ich es schon vor der Tür überlegt hatte. Die Ritzen zwischen den Dielenbrettern waren breit, parallel laufende Furchen. Ich wurde beruhigt. Die Paprikastreifen auf dem Käsebrot schmeckten nach Paprika. Schinken ist alle, hatte die Wirtstochter

14

hämisch gesagt. An der Wand hing ein hölzernes Wagenrad mit einem Eisenring als Lauffläche. Es war mir angenehm, ich glaubte nicht, dass einer der Anwesenden kalte Füße hatte. Als ich zu der Toilette ging, bemühte ich mich, die Dielenbretter nicht knarren zu lassen. Ich kannte das ruhigste Brett von meinem Tisch zur Flurtür. Schulthoffs Bier stand jetzt neben meinem, die Bierfilze berührten sich. Die Intimität war mir peinlich, einige Männer sahen prüfend oder sogar missbilligend zu uns herüber. Ich legte vier Bierdeckel zu einem Quadrat zusammen.

Hannah sprach stets von unserem Leben statt von unseren Leben. Schulthoff fragte, wollen Sie auch einen Schnaps zum Bier. Die Flüssigkeit war durchsichtiger als sonst. Schulthoff hieß Otto, der Krämer Carl. Carl Zweistein. Zwei Männer sahen uns beim Kartenspielen zu. Ich wurde unsicher, sodass ich gleich verlor. Mein Ehrgeiz war gering, es gab ihn nicht. Als es wegen einer Regel zu einer Streitigkeit kam, gelang es mir trotz mangelhafter Sachkenntnis, den Streit zu schlichten. Otto sprach später am Abend von Konfliktlösungsstrategien in gruppendynamischen Prozessen. Meine Geduld wurde erschöpft. Wörter flossen zäh an den Tischkanten herunter, Sätze waberten in der verrauchten Luft. Gespräche verästelten sich zu reichlich ziselierten Figuren. Von Regen war die Rede, „zunehmende Winde aus Nordwest" hörte ich aus dem Radio.

Carl bestellte eine Gulaschsuppe. Sein Schlürfen wurde mir unerträglich. Gern hätte ich den Tisch umgekippt, um seine Tasse zu entleeren, um nur endlich die Tasse zu leeren. Ich fühlte mich wieder unfähig, irgend etwas zu tun. Auf einem Regal standen verwelkende blaue Blumen in einer gelben Vase. Der Radiosprecher kündigte monoton die Peer-Gynt-Suite von Grieg an. Der Wirt schaltete das

Radio gerade ab, als die Tür aufging. Es sah mir gleich so aus, als würde sie geöffnet werden. Hannah hatte ihre Haare gewaschen, der lange Mantel ließ sie unnatürlich schlank aussehen, ungesund ebenfalls. Anerkennende Pfiffe vom Nebentisch beantwortete sie wortlos mit einem vorwurfslosen Blick in meine Richtung. Ich wirkte beruhigt und unbeteiligt. Sie tat überrascht, dass ich mich mit Otto und Carl duzte. Bald bestellte sie Bier für uns und Kaffee und Weinbrand für sich. Die Wirtstochter schien gelangweilt, als sie die Getränke brachte. Ich stellte mein leeres Glas auf ihr Tablett. Hannah sah gewollt interessiert Schulthoff an, der erzählte, dass Carl ein Schüler von ihm gewesen sei. Im Sommer sei man im Biologieunterricht oft zum Fluss gegangen, um Pflanzenbestimmrnungen durchzuführen.

Vor etlichen Jahren hatte ich einmal in den Ferien in Süddeutschland einen einsamen Angler an einem brackigen Teich im sonntäglichen Morgendunst beobachtet, hinter einem Weidenbusch hatte ich gesessen. Plötzlich war der Angler vornüber gekippt und nicht wieder aufgetaucht. Anschließend hatte ich mit meinem neuen Taschenmesser einen Weidenzweig abgeschnitten und einen Bogen gebastelt. Schilfstängel waren die Pfeile.

Schulthoff verabschiedete sich, er habe morgens die erste Deichwache. Herbert berichtete mit leiser Stimme von seinen Schwierigkeiten als dörflicher Einzelhändler. Hannah und ich hörten von begrenztem Kundenstamm und städtischer Konkurrenz. Diverse mikro- und makroökonomische Modelle aus den Anfangssemestern meines Erststudiums wurden zu übergestülpten Hüllen eines Einzellebens. Mit dem nassen Fuß des Bierglases stempelte ich olympische Ringe auf das Tischholz. Als ich unvermittelt einen kurzen Riss in der Platte entdeckte, der durch eindringende Feuchtigkeit an den Rändern aufgebogen war, spürte ich wieder den Kloß im Hals. Ich bat Hannah, jetzt mit mir zu gehen. Carl sah Hannah verständnisvoll an. Er hoffe, uns bald wieder zu sehen. Draußen hielt ich mein Gesicht in den Regen. Hannah umarmte mich. Ich sagte, morgen koche ich. Hannah küsste mich wie flüchtig.

Die Regentropfen fielen überaus präzise, so dass ich mich wohler fühlen konnte. Die Blasen am Boden waren wie Moscheekuppeln. Wir ließen das Auto stehen und gingen zu Fuß.

Ich sagte auch zu Hannah, dass ich Rückenschmerzen hatte. Sie vermutete, das liege sicher an den unbequemen Stühlen im Deichkrug. Ich erwähnte dann nicht, dass der Arzt anhand des Röntgenbildes einen Schaden nicht festgestellt hatte. Bewegung würde mir gut tun. Die dunkle Nässe ließ uns auf dem Gehweg verschmelzen. Hannah kam ihrem Ziel näher.

Schemenhafte Annäherungen, wenn unser gemeinsamer Schatten gegen einen Zaunpfahl fiel, es schmerzte nicht. An trotzigen Bäumen hinauf zu laufen, bereitete keine Mühe. Hannah dankte mir, dass ich Alkohol getrunken hatte. Alles ist jetzt so leicht! Ich war ja bereit gewesen, mit ihr gemeinsam durch den Regen zu gehen. Sie sagte, es ist schön, im Regen mit dir nach Hause zu gehen. Um ihr meine Gutwilligkeit zu beweisen, griff ich mit beiden Händen nach einem Ast und ließ mich hängen. Die Anstrengung schien mir nicht übermäßig. Erst als meine Arme mich nicht mehr halten konnten, war ich in der Lage weiter zu gehen. Vor uns bellte unvermeidlich ein Hund. Staunend stellte ich fest, wie gut es mir wieder ging.

Sie will alles für mich tun. Ihr Gesicht ist nass vom Regen. Ich verstecke mich hinter einem Baum und befühle mich. Meine Gedanken. Keinerlei Schmerzen. Ich spüre meinen Körper nicht. Jetzt auf den quadratischen Gehwegplatten schreite ich noch sicherer aus. Hannah erkennt es, ihr Blick ist beifällig. Linien und Flächen entsprechen meinen Gehgewohnheiten, auch in den Abmessungen. Das Rauschen der Regentropfen ist das pulsierende Leben. Ich umarme Hannah. In ihrem Haar glitzern Diamanten. Sinfonie für ungezählte Tropfen und vier Füße. Sphärische Harmonie. Hannah legt ihre Arme um mich. Meine Haare verflechten sich mit ihrem Braunschopf.

Ich hatte lange einer dunkelrunzligen India zugesehen, sie verwebte die Farben des Altiplano. Das Braunkontinuum als Gebrauchsgegenstand für farblose Europäer.

Hannah sagte, wir werden uns bestimmt erkälten. Je mehr ich aus mir heraus ging, desto ergriffener wurde sie. Sie wollte mich in Besitz nehmen. Die Umarmung wurde zu einer Umklammerung. Um warm zu werden, lief Hannah vorweg. Sie wollte das Kaminfeuer schon entzünden.

Der Wind war noch unnachgiebiger geworden, die Regentropfen schwerer. Die Nässe floss kalt an mir herunter, wärmer werdend. Jeder Tropfen wurde zu einer Herausforderung. Ich spürte schon erste Anzeichen einer Erkältung. Ein Fluch stärkte meinen Widerstand, sollte ihn stärken. Wie sollte ich einem Tuareg den Kampf gegen das Wasser erklären, auch gegen das Hochwasser.

Gelbes Licht sollte gemütlich aus Hannahs Fenstern streben, unbehelligt auch durch Fensterstreben. Ich wartete einige Zeit draußen.

Im Flur in Hannahs Haus hing ein Holzschnitt. Die Alte mit der Teekanne schien mir für Hannahs Ansprüche zu wenig sozialkritisch. Vielleicht war es aber die „Unwürdige Greisin". Hannah blickte mich nur an. Glitzernde Nässe rann zielstrebig aus meiner Kleidung über die Schuhe in den See mit dem rotbraunen Tongrund. „Jetzt fahr´n wir über´n See, über´n See" hatten wir in der Schule singen müssen. Der Lehrer wusste auch nichts vom Wohin. Der Verdacht drang in mich, dass so alles begonnen hatte. Um abzulenken, bat ich Hannah, das Spinnengewebe in der oberen Fensterecke nicht zu entfernen. Sie schien nicht beleidigt, sondern fragte, willst du etwas Gutes rauchen. Ich dachte, klarbleiben zu müssen und trank nur heißen Rotwein mit Zimt und Zucker. Als ich mir die Hände wusch, merkte ich, wie leicht sich der Hahn aufdrehen ließ. Ich sagte wieder zu Hannah, morgen koche ich. Es sei merkwürdig, dass ich kein Futur benutzt hätte. Auch das Sizilianische kenne die Zukunftsform nicht. Daraufhin sagte ich, wenn es jetzt einige Tage trocken sein wird, werde ich das Haus außen mit einem Holzanstrich schützen. Sie fand meinen Satz eigentümlich und ich sagte schnell, es bleibt dein Haus. Als sie dann verdrossen wurde, beneidete ich sie um die Vielfalt ihrer Gefühle, wie plötzlich sich bei dir etwas entwickelt.

Ihr Lachen war zynisch für mich, ich ging hinaus, um wieder nass zu werden. Es hatte aufgehört zu regnen. Der Himmel zerriss, wie um eine Freundlichkeit beweisbar zu machen.

Hannah sagte, die Bauern könnten sich freuen, ich fügte hinzu, ihre Angst sei nicht meine. Ihr „Jedem seine Angst" ließ mich ratlos aussehen. Als sie zu schnell sagte, erzähl' von Südamerika, ärgerte sie sich schon. Es ist so spät geworden, behauptete ich. Der Satz schien ihr harmlos genug. Im Kamin brannte jetzt ein lohes Feuer. Man konnte ungenau von einer romantischen Situation sprechen.

Die Hitze vor uns trocknete die Feuchtigkeit aus unseren Augen. Wir starrten mit zusammengekniffenen Lidern in die Veränderungen der Flammen. Ich staunte so über mein Wohlbefinden, dass ich gern mein Tagebuch in das Feuer geworfen hätte. Die unregelmäßigen Ziegel, aus denen der Kamin gemauert war, waren uns jetzt rot genug, um ein Gespräch über die Zukunft vermeiden zu können. Würden wir nach draußen gehen, wäre die Rauchsäule aus dem Schornstein wie ein Ausrufezeichen für uns. Lass es uns noch 'mal versuchen! Ich sagte nicht zu Hannah, der Wein ist mir zu zimtig. Cumarin war mir egal. Ihre schwarz geränderten Fingernägel wollte ich nicht entdecken. Sie respektierte nicht nur höflich mein Schweigen. Wir ahnten, dass unsere Schwierigkeiten woanders lagen. Vorsichtig und rücksichtsvoll waren wir um uns. Wir waren aus der Vergangenheit heraus gegangen und ahnten nur die Zukunft, dieser Abend endete heute Abend.

Die Maserung der Holzbretter an den Wänden war zufällig, meine Aufmerksamkeit war bei der merkwürdigen Reihenfolge. Ich fragte Hannah, welcher Regel die Bretter folgten. Mein Blick war unauffällig. Hannah sagte, am Samstag ist unten im Dorf ein Fest, wahrscheinlich am Samstag. Jeder kann kommen. Die Bretter wurden wieder zu hohen Bäumen, nach oben strebend wuchsen sie in den hohen Himmel. Lichtbalken waren schräg in die Kronen gezimmert. Hannah rief mich. Ich sah sie auf mich zulaufen, langhaarig schwebend. Sie sei unorganisiert und nehme nur aus Interesse an dem Seminar teil. Barfuß zu gehen im taufeuchten Gras sei gesund. Ihr langes Kleid wurde nass, meine Hose schlotterte. Die Bäume standen zu eng für ein Gespräch über Sozialisation in der Hochschule. Auf einer lichtdurchfluteten Lichtung trocknete uns die sonnige Wärme. Streifiges Grün streichelte anspruchslos ihre Beine. Golden wogten Härchen auf samtenem Braun. Eine Spinne wehte ein silbernes Seidenband über uns. Sanfte Luft umhüllte uns bedeutungslos. Weiße Quellungen auf fernem Blau und flirrendes Rot in zitternden Lidern. Schuldloses Lächeln kam aus feuchter Wärme. Bäume wisperten über uns, Halme begannen haltlos zu tanzen. Dann plötzlich überschlugen sich die Augenblicke, Wahrnehmungen wurden unmöglich. Wir erweiterten uns in den Wald, wir erweiterten uns in den Wald. Die Erddrehung wurde fühlbar. Als alles in sich zusammen stürzte, wurden noch keine Hoffnungen begraben. Aus diesem ersten Mal ergaben sich keine Forderungen.

Vorher hatte ich nur gewusst, dass sie Hannah hieß. Jetzt ergaben sich viele Möglichkeiten. Johanna, die emanzipatorische Täuferin, Päpstin Johanna. Ich ließ sie zur heiligen Johanna der Wälder werden. Sie lachte kaum hörbar. Ihr Einsatz für die Erhaltung bedrohter Bäume sei auch ein Kampf gegen den Privatbesitz an Wald. Jeder umzäunte Wald musste befreit werden. Hannah fiel die Luftreinigungsfunktion von Grünflächen ein. Ich sagte, was sie schützen wollte, würde sie umbringen, der Scheiterhaufen würde zu ihrem Tod hohnisch flackern.

Das Kaminfeuer drohte zu verlöschen, ich wollte es am Leben erhalten. Hannah wiederholte mich, es ist schon so spät. Ich wurde unglaubwürdig, als ich sitzen bleiben wollte. Ihre müden Augen warfen mir nichts vor, sie musste morgens in die Universität. Ihre Dozentenstelle nahm sie wichtiger als die Examensarbeit. Als sie Gute Nacht sagte, war es nichtssagend für mich, mein Gute Nacht war schon schwierig zu sprechen. Es war, als redete jemand in einem leeren Raum.

Das Feuer flackerte unruhig, nachdem Hannah gegangen war. Nervöse Sessel und unstete Stühle zuckten durch den Raum. Ich huschte über die Wände bis in entfernteste Winkel. Gierig nach Neuem sah ich mich um. Ich sprang auf die Kommode, um gleich darauf im Bücherbord zu verschwinden. Fachbücher, Erzählungen und Romane, wohl auch ein Tagebuch, fehlende Klassiker, Atlanten. Die Reise nach Südamerika. Ich war bereit, den langen Marsch wieder zu uns anzutreten.

Fiebrig überlegte ich, was ich tun könnte, wie die Zeit zu nutzen sei. Time is money erschien mir sinnvoll, zum ersten Mal. Zur Deichwache war ich erst am Nachmittag eingeteilt, morgens könnte ich mit Hannah in die Stadt fahren. Am Wochenende würden wir zum Fest gehen. Menschen lachten, Menschen sangen, Menschen tanzten. Über die Kaminziegel kroch steif die erste Fliege des Jahres, die ich töten könnte. Holz musste gehackt werden, Essen war zu kochen. Ich musste jetzt schlafen gehen, um morgens frisch zu sein für mein Leben. Ich wollte die Zeit auf dem Land nicht gemütlich verleben, sondern die Tage anfüllen mit meinen Aktivitäten. Jede volle Stunde würde ich einen Luftballon bis zum Zerplatzen aufblasen. An meiner Genauigkeit sollte sich der Radiosprecher orientieren, meine Fröhlichkeit wird alte Frauen veranlassen, ihre schwarzen Kleider gegen bunte zu tauschen. Otto wird auf dem Deich nicht Schritt halten können mit mir. Ich werde den Deichbruch verhindern. Sollen meine Landsleute (meine Landsleute!) mit ihrer unbewältigten Vergangenheit kämpfen, ich werde meine Zukunft erobern.

Die Liege auf der Diele reicht mir für die Nacht, ich will Hannah nicht stören.

Zweites Tagewerk

Ich habe wieder besser geschlafen, nicht gut, ich bin in der Nacht nur einmal aufgewacht und konnte schnell wieder einschlafen. Hannah ist erstaunt, dass ich schon wach bin. Ich kann mich an keinen Traum erinnern, die Qualen der Nacht haben sich entfernt. Ein Morgen, an dem ich mich nicht nur leer fühle, ich liege nicht so schwer wie sonst, dass ich mich nicht erheben kann. Zugleich die Angst, alles könne wieder werden, wie es war in einer unsagbaren Unerträglichkeit.

Statt Fencheltee gibt es Kaffee. Hannah sieht mich sprachlos an, der ich immer noch wortlos bin. Heute soll nicht wieder einer ihrer Tage werden, diesen Tag will ich uns einrichten. Die Brötchen vom Bäcker nebenan schmecken besser als an anderen Tagen. Übermütig schneide ich dicke Wurstscheiben, ich lasse es mir nicht nehmen, alle Brötchen sorgfältig zu teilen. Während des Essens sehe ich mich aufspringen und um den Tisch laufen. Hannah ist wegen mir ruhiger als sonst, sie liest aus der Zeitung vor. „Der Deutschen neues Leid". Ich glaube, plötzlich hoffnungsvoll, es werde nicht mehr lange regnen. Sie fährt bei Regen nicht gern mit dem Auto. Mich will sie nicht fahren lassen, kaum will sie mich mitfahren lassen. Ob ich denn genügend Zeit habe. Ich muss etwas erledigen. Sie zuckt die Achseln. Als wir zum Zaun gehen, trete ich in eine Pfütze, das Wasser schwappt in den Schuh. Ich bin angenehm überrascht, als ich denke, dies ist mein Fuß. Während Hannah fährt, erzählt sie mir von ihrer Arbeit mit den Studenten. Wegen des Regens schaltet sie das Licht ein. Ich frage mich stillschweigend, ob sie mir von forstwirtschaftlichen Ertragsproblemen bei nicht monokultureller Bepflanzung erzählt oder ob sie mir einen Vortrag hält. Sie hört nicht auf das Rauschen des Regens und das Sirren der Reifen. Dem Fahrgeräusch nach zu urteilen sind alle Räder gleichmäßig aufgepumpt, die Landschaft weht unauffällig vorbei, als stünden wir. Ich sehe keinen Grund zur Beunruhigung. Vom Motor sind keine ungewöhnlichen Geräusche zu hören.

Als die ersten Türme der Stadt zu erkennen sind, weiß ich nicht mehr, ob die Entscheidung mitzufahren richtig war. Kirchtürme, Wohntürme, Arbeitstürme. Denkfabriken: verschmutzte Luft. Aussteigend beruhige ich mich, dass es mir gut geht. Ich freue mich, Peter, Annie, Christine wieder zu sehen und ich wundere mich über diese Freude. Hannah und ich verabreden uns, dass sie mich in deren Wohnung abholt.

Unerwartet sicher treffe ich den Geldschlitz, als ich die Fahrkarte für die Metro kaufe. Wenn die Bahn einläuft, werde ich drängelnd murmeln, können sie nicht vorsichtig sein. Ich werde die Waggontür öffnen. Eine alte Frau sagt zu einem Kind, diesen Ring sollst du einmal erben. Sie streckt eine Hand von sich. Ich werde mich nicht von ungeduldigen Fahrgästen in den Wagen stoßen lassen. Ich werde einen Sitzplatz erobern. Fensterplatz in Fahrtrichtung, ein alter Mann wird neben mir stehen müssen. Ein Heranwachsender wird von mir bewundert, weil er sich trotz missbilligender Blicke und drohenden Gemurmels eine Zigarette anzündet, was vor Jahrzehnten durchaus üblich war. Ein Mann mit Krawatte verfolgt mich. Als er auf meinen

Fuß tritt, dröhnt er zynisch Entschuldigung. Die Luft riecht sauer und faulig. Mir ist heiß. Eine alte Frau fragt, ob mir nicht gut sei, sie bietet mir ihren Sitzplatz an. Ich steige aus und nehme die nächste Bahn. Ein Fensterplatz lässt meinen Blick gleichgültig an bunten Häusern entlang schleifen. Ich verliere mich in unbekannten Straßen. Eine Ampel springt nicht auf Rot, als sich ihr ein Auto nähert, der Fahrer empfindet wohl Dankbarkeit.

Die beiden Mädchen mir gegenüber tuscheln. Ich bewege meine Füße nicht mehr. Eine Tageszeitung würde mir jetzt lohnende Berichte liefern. Jede Zeile schlüge mir in die Augen und wäre voll Wert für mich. Wo bleibt der Frühling; Biertrinker am Kiosk besprechen eine Lage. Rechtsextremisten rüsten zur Schlacht. Politik findet nur noch in den Städten statt. Zentralisierte Urbanokratie. In diesen Straßen sind früher immer die Demos entlang gezogen. An diesem Bahnhof entscheidet sich die Geschichte. Der Rotbemützte pfeift unbedeutend lange. Ich bleibe sitzen. Die Fahrkartenkontrolle lässt mich ruhig. Noch drei Stationen muss ich durchhalten. Auf dem mehrfarbigen Schema an der Decke wird der Weg vorgeschrieben. Ich fahre die blaue Strecke. Im Falle eines Unfalls hätten sich schlimmstenfalls Schildermaler zu verantworten. An jedem Bahnhof höre ich die Schritte der Eintretenden. Die meisten Reisenden halten es für richtig, erst aussteigen zu lassen. Ich schließe die Augen, doch die unruhigen Augäpfel verraten mich. Endlich entlässt mich der Zug. Ich muss mir ein Päckchen Kaugummi oder eine Tüte Pfefferminz kaufen. Als ich merke, dass die Rolltreppe nicht funktioniert, zucke ich wie unter einem elektrischen Schlag.

Bevor ich meine Mutter anrufe, werde ich zum Arzt gehen. Glatte Betonplatten erleichtern das Gehen in der Stadt. Die Verkehrszeichen sind sinnvoll und eindeutig. Beim Überqueren der Straße betrete ich nur die weißen Flächen des Zebrastreifens. In einer Schaufensterscheibe betrachte ich die Menschen hinter mir: Alle sind verschieden. Einige bits zu viel der Information, just a little bit. Ich fühle mich so hohl in der Stadt, dass mir die Bewegungen der anderen Menschen fremd erscheinen und fremd sind. Noch liegen einige trockengerollte Blätter braun und hilflos im Schutz der Ecken. Ich glaube nicht mehr gehen zu können. Jeder Schritt ist mir zu viel, jedes Tun wird undenkbar. Ich wünsche, ich wäre wieder im Dorf, auf dem Deich.

Ein Renovierungswettbewerb verändert Fassaden. Stucksimse wölben sich stolz. Ich erkenne alles gleich wieder, in langen Jahren sind meine Augen geschult worden. Dezente Farben bezeugen den Geschmack und die Verfassungstreue der Hausbesitzer. Stünden nicht Autos schräg zum Gehsteig geparkt, könnte ich Patrizierkutschen erwarten. (Wann hatte denn Patricia zuletzt geschrieben?). Noblesse oblige. Große Vorgärten verpflichten zu Ruhe. Ausgetretene Marmorstufen laden kühl ein oder weisen ab, Messingschilder blitzen vielerlei sagend. Auch dieser Frühsommer würde wieder unabwendbar die Kastanienbäume mit weihnachtsfeierlichen Kerzen schmücken, bevor die Miniermotte die Blätter schnell braun werden ließ und der Herbst im Sommer bereits Einzug halten konnte. Seit meiner Kindheit lernte ich diese Gegend kennen, lehrte mich diese Gegend. Im Herbst sammeln die Kinder die Kastanien, seit Jahren schon. Erwachsene lassen heimlich einen Glücksbringer in der Jackentasche verschwinden. Vorsorglich werden die unbrauchbaren Blätter vom Gehweg entfernt, schweigsame schwarzhaarige Menschen verrichten diese Arbeit ohne ein Staunen.

Der Arzt ist mit meinem Zustand nicht zufrieden. Er hält meinen Einsatz bei der Deichwache für hilfreich, also gut. Ich soll die Tabletten vorläufig nicht mehr einnehmen. Als ich sage, mit Hannah findet eine Wiederannäherung statt, legt er lobend die Fingerspitzen rechtwinklig aneinander. Um glaubwürdig zu bleiben, sage ich nicht zu viel. Sollten die Kopfschmerzen wiederkehren, würden mir Spaziergänge helfen. Ich frage mich, warum er „sollten" sagt.

Meine Mutter lacht, du wirst alt, mein Junge. In zwanzig Jahren noch werde ich ihr Junge sein. Regentropfen auf den Glasscheiben des kleinen Kiosks sind als fleckige Vorwürfe übrig geblieben, ich suche eine Schuld daran, wie ich geworden bin. Ich sehe zu den Fenstern meiner Mutter hoch. In der Kastanie lärmt gurrend eine Taube. Wenn meine Mutter wüsste, dass sie mich jetzt sehen könnte. Ihre Stimme würde sich verändern. Das Taschentuch über dem Mikrofon lässt mich entfernter erscheinen. Meine Mutter ist enttäuscht, dass ich noch ohne ständige Arbeit bin. Vater hat immer gesagt, du sollst in den Staatsdienst gehen. Mein ich-kann-nicht bliebe ihr unverständlich. Dass ich jetzt bei Hannah wohne, scheint sie nicht zu überraschen. Ihre Hilfe, ihre Beziehungen wünsche ich wohl nicht, einen Arbeitsplatz betreffend. Ich beende das Telefonat. Im Bus stehend bin ich damit beschäftigt, das Gleichgewicht nicht zu verlieren. Dankbar vermerke ich jede Kurve.

Die Treppe zur Wohnung hinauf häufen sich dejà-pensé-Erlebnisse. Der Treppenpfosten, korinthische Säulen, Truva, Baalbek, Baal, Der Lord von Barmbek. Nur Christine ist zu Hause, sie ist allein in der Wohnung. Peter und Annie sind zu einer internationalen Veranstaltung in Frankfurt eingeladen worden.

Ich grinse auf die Straße hinaus und als ich mich so sehe, schüttele ich den Kopf. Immer noch die gleichen Abblätterungen der roten Farbe am Fensterrahmen. Sie können sich auch verändert haben, es ist gleich. Meine Fotos vom Deich wertet Christine als Flucht ins Schöne. Ich schüttele wieder den Kopf, ich verhindere ein Gespräch über Ästhetik. Ich habe ihr früher nie gesagt, sie solle den Schreibtisch aufräumen.

Christine strahlt über eingetrockneten Kaffeeblasen am Tassenrand, ohne etwas zu sagen. Ihr Finger betastet die Hügel und Krater. Wenn Hannah kommt, um mich abzuholen, werden die beiden Frauen einander umarmen, vielleicht auf die Wangen küssen. Ich werde mich im Fensterglas fragend ansehen. Klebrige Farben greifen um sich, ein Vorhang flattert halb abgerissen. Christine findet wieder richtige Worte, ohne lange suchen zu müssen. Brot und blättrige Zwiebeln hat sie wie zu einem Stillleben auf der Tischecke zusammengelegt. Sie lebe in der Welt und sagt, ich muss halt mit dieser Welt leben, ich könne es nicht. Ein Apfelstiel auf dem zerschlissenen Teppich ärgert mich, fast nur, ich verdecke ihn mit dem Schuh. Verblichenes Braun auf zerfleddertem Gewebe, nur faserige Fäden noch, alles etwas fadenscheinig. Um Christine zu keinen Vermutungen Anlass zu sein, bemühe ich mich, unbeweglich zu sitzen.

Mumie aus Nazca. Als sie mich fragt, ob sie mir Fotos aus Südamerika zeigen soll, sehe ich meine linke Hand gerade lässig bis nachlässig mit der Streichholzschachtel spielen. Während sie die Bilder aus dem Holzschrank sucht, nutze ich die Zeit, abgebrannte Streichhölzer aus der Schachtel in den Aschenbecher zu legen; blaugläserner Himmel über Murano. Christine hebt Papiere in der Lade hoch, ein staunendes Zischen, sie schüttelt den Kopf. Nach den ersten Bildern aus den

Anden finde ich meine Hand auf ihrem Nacken, fleischweiche Feinheiten unter watteweichen Haaren, gewichtslose Schwere. Ich frage sie, ob sie sich meine Reaktion vorstellen kann, wenn jetzt ein dunkelhaariger Mann in schwarzem Ledermantel in der Tür erscheint und uns mit einer Pistole offenbar bedroht. (Donnez-moi le pistolet). Etwas wie Furcht erwartet sie von mir nicht. Polizei habe übrigens vor einigen Tagen die Wohnung durchsucht, wirklich. Die Spitze ihres Zeigefingers verfolgt den schmalen braunen Streifen im Teppich, bis sie meinen Rücken hinaufklettert. Mittelländische Hügeleien. Christines Bilder verschweigen schamhaft die vielen Wirklichkeiten der Indios. Fotos sind um uns her verstreut, wir liegen inmitten gemeinsamer Vergangenheiten. Zu einem Bild mit einem schwirrenden Kolibri vor einer gelben Orchidee sagt sie, die Angst vor dem Einsinken ins Leben sei für sie schon kleiner geworden. An eine großsteinige Mauer aus Zeiten der Inkas ist rot-weiß ein Coca-Cola-Schild geschraubt, brauner Rost auf der Emaille, für Christine sind Gefühle nicht nur Spiegelungen des Äußeren. Ein geschnitzter, spanischdunkler Balkon bleibt vor weißer Wand kleben, verschlossen. Ihr Körper wird spürbar durch die Flötenmusik, obwohl die Schallplatte schon zerkratzt ist. Indios beobachten aus schwarztiefen Augen unsere Umarmungen, die länger dauern, als für unsere Erinnerungen nötig ist. Christine spart sich ihre Wörter für später, ich bemühe mich nicht, unser Tun in Sätzen zu behandeln. Sie findet den Teppich angenehm weich, wohlig-wollig. Als meine Augen sich kurz öffnen, sehe ich in Machu Picchu rot eine Sonne: Inti Punku.

Später zeigt Christine mir die Bank an der Plaza de Armas, wo sie sich in ein Gespräch mit einem Schuster gewagt hatte. Sie gingen von ihren Bergschuhen aus, in Europa gibt es große Fabriken, später sah er in seinem klaren Hass auf Spanier einen Zusammenhang von Pizarro bis zum Caudillo.

Die Umarmung zwischen Hannah und Christine wird dann doch kürzer, als ich vorsah. Hannah hat schon durch einen Studenten von der Wohnungsdurchsuchung gehört, Christine möchte uns doch bitte von ihren politischen Überlegungen fern halten. Ich wundere mich nicht mehr, als ich ihren Satz nicht korrigiere, kaum stört es mich, dass sie uns sagt. Christine lässt keinen Unterschied gelten zwischen den Dingen und den zugehörigen Wörtern, sie holt ein Trinkgefäß für Hannah und stellt die Tasse auf den Tisch. Hannah will keinen Tee trinken, wir haben es eilig. Ich füge hinzu, die Deichwache ist wichtig. Christine schmunzelt, sie wolle die Dinge auch nicht ausufern lassen. Sobald Annie und Peter aus Frankfurt zurück sind, wollen uns die Drei im Dorf besuchen kommen. Ich staune, wie über mich verfügt wird.

Unterwegs bin ich ausgesprochen guter Stimmung, Hannah erwidert, gute Laune ist kein Thema, darüber brauchen wir nicht zu sprechen. Ich beginne, die weißen Streifen in der Fahrbahnmitte zu zählen, bald erleichtern mir die seitlichen Begrenzungspfähle die jetzt allerdings leider doch recht ungenaue Arbeit, schließlich reicht mir eine grobe Schätzung der Anzahl pro Kilometer. Ich überlege, ob diese Rechnung genau genug ist, sodass ich im Dorf bei Null ende, wenn ich rückwärts zähle. Längere, durchgezogene Streifen beschließe ich nicht mehr zu registrieren. Durch mich wird die Strecke einteilbar, die Fahrt sinnvoll.

Ich werde beginnen, meine Stimmung täglich im Tagebuch mit einer Ziffer von eins bis zehn zu bewerten. Skalierte Tagesgefühle. Schon nach wenigen Wochen werde ich einen Überblick gewinnen können, ob eine Entwicklung meines Lebens im Dorf festzustellen ist. Ich bin so begeistert von meinem Gedanken, dass ich Hannah bitte anzuhalten, um sie zu umarmen. Sie will meine Freude nicht teilen.

Ein totgefahrenes Kaninchen liegt auf der Straße, ich warte geduldig und vergeblich auf ein Gefühl des Mitleids oder Ekels in mir. Zu diesem Anblick passt so gar nicht ein Satz wie „Alles Leben ist vergänglich". Ohne Vergänglichkeit kein Leben.

Ein Mensch wurde liebend geliebt. Um meine Gefühle zu überprüfen, kaufe ich im nächsten Dorf eine Flasche Tomatensaft. Als die Straße wieder durch einen Wald führt, lasse ich Rot über den schwarzen Asphalt fließen. Ich beruhige mich, es liegt nur an meiner mangelnden Vorstellungskraft, nichts zu empfinden.

Hannah geht davon aus, dass in einigen Monaten auf dem Acker an der Straße ein Getreidefeld wogen und wellen wird. Fluctuat nec mergitur. Ihre Zuversicht überrascht mich heute nicht. Wenn ich nicht an die Zeit vor mir denke, kann ich fast unbeschwert atmen. Wahrscheinlich werden die Birken im Herbst etwas größer sein, sage ich, siebzigmal sommertäglich. Die kranken Eichen werden wohl gefällt werden. Eine Verbindung meiner beiden Sätze mit aber scheint mir falsch, eher ist und angebracht. Die Logik von Ereignissen überrascht mich nicht mehr, ich bemühe mich nicht, Dinge in Beziehungen zu setzen. Ich will alles nur noch lassen, wie es ist.

Hannah bekundet ihre Verwunderung über meine Ausgelassenheit auch noch nach dem Aufenthalt in der Stadt. Es entspricht nicht ihrer Erwartung. Um ihrem Erstaunen entsprechenden Ausdruck zu geben, benutzt sie Substantive. Sie spricht von Freude und Gelöstsein, von Geschehnissen und Optimismus. Ich weise auf einen Raubvogel hin, der sich vom Pfahl eines Weidezauns erhebt. Sie fragt, warum er nicht sitzen geblieben ist und erwartet keine Antwort. Die Abstände der Zaunpfähle scheinen mir weder zufällig noch sinnlos. Hannah täuscht vor, das Fahren beanspruche sie zu sehr, als dass sie ihre Aufmerksamkeit teilen könnte. An einem der nächsten Tage will sie mir das Museumsdorf in der Kreisstadt zeigen. Ich sage, ich freue mich jetzt schon. Mich überrascht, dass ich mich wirklich freue. Kaum kann ich glauben, hier am Leben wieder teil zu haben.

Die Häuser im Museumsdorf sind so unauffällig restauriert, dass sie nicht den Eindruck erwecken, man habe ihnen Gewalt angetan. Die unbehauen runden Feldsteine, aus denen die Wege zusammengesetzt sind, zeigen den früheren, beschwerlichen Heimweg der Bauern nach der Feldarbeit. Jeder Stein deutet die Jahre an, in denen er zu dem geschliffen wurde, was er ist. Die Hauswände bestehen aus Holz und Weidengeflecht, das dick mit Stroh und Lehm verschmiert ist. Strohdächer sollen dem Betrachter Gemütlichkeit bezeugen. Das Recycling des Materials führt sich selbst vor, weder Anfang noch Ende des Kreislaufs sind aufzuspüren. Die Jungen verdienen mit den Jahren das Recht auf ihr Altenteil in dem Haus, wo sie zu denen geworden sind, die sie sind. Ich frage, welche Sätze gesprochen wurden und welche nicht, welche Gefühle beiseite geschoben sind, welche Schicksale unberücksichtigt blieben. Ist denn die Sprache der Knechte die der Bauern die der Herren gewesen, haben die Sonnenblumen um die Häuser im Laufe der Jahrhunderte nicht so mutiert, dass ihr Name nur noch Erinnerung ist. Hannah erwähnt die von Pflanzenzüchtern gewollte Selektion; ich schalte das Radio ein.

Zwischen zwei seitlichen Straßenbegrenzungspfählen lassen sich wieder zunehmende Winde aus Nordwest einteilen. Die Gefahr für den Deich wird eher größer als geringer. Ich frage mich, ob eine nach oben und unten begrenzte Windskala zulässig ist. Nicht nur ich werde nicht nur ratlos und ungläubig aussehen, wenn ein noch unbekannter Wind an uns zerren wird. Oder aber es wird eine solche Windstille schweigen, dass ein neues Wort gesucht und gefunden werden muss, das diesen Zustand umschreibt. Meine Unruhe dauert mehrere Kilometer. Endlich sind wir bei Hannahs Haus angelangt. Wieder haben wir ein Gespräch darüber vermieden, was uns hat werden lassen. Wir wissen von einander nicht, warum wir so sind, wie wir sind. Wir kennen uns schon lange, kaum, mit Unterbrechungen. Wir wollten uns kennen lernen.

Mein Vorschlag auf schnelle Spaghetti mit Tomatensauce findet ihre Zustimmung. Ich koche sie al dente, nicht aus Überzeugung, sondern der Erinnerung wegen. Ich fühle mich nicht mehr.

Durch Sardinien und über äolische Inseln waren wir gezogen, hatten unseren italienischen Traum erlebt. Ich hatte noch hören und sehen wollen, es sollte mir nicht vergehen, furchtlos vor den Wahrnehmungen. Nur über die Landschaft kann ich noch schreiben. Die Personen leben nicht mehr als Personen in mir. Irgendwann hatten wir bei Muravera gebackenen Tintenfisch gegessen. Goldgelbes Gekringel. Als uns dann niemand mitnahm, hatten wir die Mittagssonne in einem Orangenhain wegschlafen wollen. In glitzernden Perlen war Saft über ihren Samt gerollt, Rinnen suchend. Ihr Schrecken war nur kurz, dann gefiel es ihr, dass es mir schmeckte. Sie begann auch zu schlecken, scheußliches Wort, aus blinzelnden Augen sah sie lachend lachende Orangensonnen in wehendem Grün auf blauem Himmelstuch ausgebreitet. Nassbraune Arbeiter sangen in teeriger Hitze auf der Straße, unverständliche Weisen. Das Sirren der Luft und das Zirpen der Zikaden wurde laut, lauter, immer lauter, betäubte die Ohren, nicht nur zweidimensionale Kreise wurden von roten Blitzen durchzuckt, heißes Gold verglühte nasse Haut, der Kopf drohte zu platzen, endlich strömte golden eine große Sonne, gleichzeitig mit schmelzender Wärme bis in Haarwurzeln und Hände und Beine und Zehenspitzen hinein.

Die Spaghetti sind mir zu weich geworden, Hannah verzeiht, lächelnd. Zum Dessert holt sie zwei demonstrativ gelbrote Orangen aus dem Obstkorb, sie liegen sehnsüchtig auf dem blank gescheuerten Holztisch. Geflecht aus Peddigrohr wirft löchrige Schatten. Doch ich weiß, dass der Mezzogiorno noch immer den Norden zum Vorbild hat, wie jeder Süden jedem Norden nacheifert. Palagianello, una cosa per te: cosa nostra. Unsere Sache? Ich strebe nach nichts mehr. Hannahs Lächeln bleibt unerwidert, plötzlich fällt es von ihr ab und hinterlässt eine Leere der Enttäuschung. Die Apfelsinenschalen liegen hoffnungslos auf der Tischplatte, Hannah macht einen weiteren Versuch. Sie will mich nachmittags auf dem Deich besuchen. Ich sage, dass ich mich freue. Sie ist das Einzige, was ich vielleicht hinüber retten kann in die vor mir liegende Zeit, was mich vielleicht hinüber retten kann in die vor mir liegende Zeit.

Bevor ich zum Deich gehe, hole ich mir die Regenkleidung aus dem Dorfkrug. Mein Blick verfängt sich in dornigem Gestrüpp, das als Rotdorn blühen soll. Die Gastwirtstochter scheint älter zu sein als gleichaltrige Mädchen. Als der durchreisende Handelsvertreter im Gasthaus übernachtete, würde er sicher mit ihr geschlafen haben. Er wäre liebend geliebt worden, ein ganz unmögliches Ereignis. Als der,

der zu sein er vorgibt und vorhat, kann er sich kein abseits der allgemeinen Dorfmoral liegendes Verhalten erlauben. Er will den sozialen Kontrakt einhalten.

Auf dem schmalen Weg zum Deich begegnet mir Schulthoff im Auto, er grüßt mich mit einem Kopfnicken kurz wie einen Fremden. Während ich über einen Stein stolpere, kommt ein Entsetzen in mich. Am Ende des Weges liegt der Deich quer vor mir wie eine Straßensperre. Ein Haufen Steine, pêle-mêle, damals in der Pall Mall oder bei der Palmaille. Auf meiner ersten Demonstration, vor vielen Gedanken, hatten wir mit einer solchen Sperre unsere Meinungen verteidigen wollen: taktische Unklugheit. Die Sperre war kein Hindernis, sie sollte uns zu unserem Ziel führen. Später waren unsere Ansichten nicht weniger richtig gewesen, doch ich war schwächer geworden, sie zu schützen. Ein Tod war die Zerstörung eines kindlichen Traums gewesen und ein Antrieb in der späteren Wirklichkeit. Der Tod eines anderen Menschen hatte eine andere Wirkung auf mich gehabt. Der Tod eines Dritten war wieder anders gewesen. Jeder Tod war anders gewesen, ich hatte gelernt, dass das Leben zu sehr mit ihrem Tod zusammen gehangen hatte, als dass ich es daran messen konnte. Mit dem Tod hatte ich nichts mehr im Sinn, Hannahs Furcht war unbegründet, meine Sinne konnten ihn nicht erfassen. Sie forderte mein Versprechen, mir nichts anzutun und fragte sogleich nach, ob es nur ein Versprecher gewesen sei oder doch ein Versprechen.

Meine Gedanken sind zu bröckelig geworden, um im Tod noch eine Lösung für das Leben zu erhoffen. Ich würde erst sterben können, wenn ich über meinen Tod weinen könnte. Hannah war stets unnötig um mich besorgt gewesen, seit sie früher von meinem Versuch gehört hatte, mir den Tod zu geben. Schlimmer war, dass ich mit mir und in der Welt zu leben hatte. Äußerlichkeiten griffen schon nach mir, ich fühlte mich schon angegriffen, wenn ich mich nur fühlte. Ich hatte mich erst zu schützen versucht, indem ich mich um Abstände bemühte, als es schon zu spät war. (Verhasstes PP seines Namens: Peter Paul, sehr leise. Personal Performance.) Die Trennung sollte vollkommen sein, ich gestattete mir nicht mehr viel. Ich hatte gelernt, die Schuld bei mir zu suchen, wo ich sie nicht finden konnte. Mein Vater hatte schon geklagt: Schade. Sad – sed… Earnest Ernestos Hoffnungslosigkeit und Umzug. Auf mich beschränkt und in mich zurückgezogen wollte ich mein Leben überleben. Nicht sterben zu können, hatte Jensen gesagt, sei noch schlimmer. Jensen sen. zum Abschied: ICU, englisches Understatement eines international tätigen Chemie-Unternehmers. Undertaker.

Plötzlich bemerkte ich, dass ich schon am Fluss entlang ging. Er war mir noch nicht zu vertraut, um meinen Rückzug aus dem Dorf zu erwägen. Ich sah den Strom, wie er ein Ziel, ein ihm bestimmtes Meer vor sich hatte. Es regnete. Jeder Tropfen war ein Teil, ein zukünftiger Teil des größeren Ozeans. Ich sah Einzelheiten aus einer Ganzheit. Die Welt in ihrer Vielfalt war für mich nicht mehr wahrnehmbar. Wie ein Kloß war es in meinem Hals, als ich schluckte. Ich war jetzt nicht mehr fähig, Zusammenhänge zu erkennen oder gar herzustellen. Einen grünen roten Fisch dachte ich mir, der sich in schwingenden Spiralen einem unbelaubten Baum näherte. Ein Kloß drückte in meinem Hals. Auf einem Waldweg sprach ein Mann mit einem Hund, kopfschüttelnd. Der Hund lief dann zwischen den Bäumen umher, wie verspielt. Ein Wort, das ich schon lange nicht gesprochen oder gedacht hatte, ohne dass eine Absicht dahinter gesteckt hatte, war mir wieder eingefallen. Verspielt und verloren. Eine Angst vor dem Mann mit dem Hund war in mir, dass er mich ansprechen könnte. Der kleine Hund war an einen Kirschbaum gebunden gewesen und lange um den Baum gelaufen, bis er sich erdrosselt hatte. Auf einem Blatt sah ich einen Regentropfen, der seine Oberflächenspannung verlor und vom Blatt abrutschte. Dann die Explosion des Aufpralls auf braunem Erdboden.

Noch glaubte ich, nur hier im Dorf könnten sich meine letzten Hoffnungen erfüllen. Kaum konnte ich mir einbilden, dass Fliegen, sollte es sie schon wieder im Freien geben, mich in meinem Gesicht stören würden. Wie Dendriten krochen Kräuter über den Boden. Vom Dorf klangen die Kirchenglocken herüber mit ihrem jinjang, jinjang, jinjang, jin—jang, jin---jang, jin….

Ohne dass mich mein Rücken schmerzte, erschien mir der Fluss lebloser als in den letzten Tagen. Er wälzte sich, ohne sich vorwärts zu bewegen. Indem der Strom sich dehnte und quoll, waren die Strudel ohne jede Teilnahme am Geschehen. Die Deichwache hielt ich fast schon für sinnlos. Ich erwischte mich bei dem Gedanken, es sei gleichgültig, ob der Deich hielte oder nicht. Die Begebenheiten mit Hannah, die einen Ausweg auch nur erahnen ließen, hatten nichts mit meinem beruflichen Werdegang zu tun. Ich grinste über den Gedanken, Beruf könnte mit Berufung zusammen hängen. Es war mir ebenso unvorstellbar geworden, für den Staat zu arbeiten, wie es mir unmöglich geworden war, gegen ihn zu arbeiten. Nur in ihm tätig zu sein, hieß in ihm und mit ihm zu leben. Ich hatte gehofft, in La Paz leben zu können, doch die Stadt war zu ironisch gewesen. Und auch peruanische Hoffnungen waren zerstört worden, noch bevor sie voll entwickelt waren. Pescaperu war gestorben wie ein Fisch mit geplatzter

Schwimmblase. Kein Trost war es gewesen, in der Atacama zu sehen, dass die Erde rund sein könnte.

Hannah lachte, als ich sagte, in einer Bahnhofstoilette könne man etwas von der Größe der Welt erahnen, Hundertwasser in Kawakawa, schwach fielen mir wohlige Entleerungen ein. Hannah bemühte sich, indem sie behauptete, das Wasser würde nicht mehr steigen. Als sie mir die erste, kleine, weiße Blume des Jahres auf dem Deich zeigte, sah ich sie, sah sie jedoch nicht. Hannah behauptete, sie könne die Hoffnung für ein Leben aus dieser Blume schöpfen.

Jahre schon vor der Reise nach Südamerika hatte ich begonnen, Sätze zu sagen, die von mir losgelöst waren. Beziehungslose Welt der Sätze?! Leicht war es mir, jetzt zu Hannah zu sagen, wir müssen an uns arbeiten, und ich war in mir leer. Ich konnte ein Entsetzen glaubhaft darstellen, sollte (wieder: sollte?) der Deich brechen, obwohl es mir gleich gültig war wie das Zuklappen eines Buches. Meine Angst war allgemein, ein enger Durchlass für das Äußere. Mein einziges Grauen bestand vor der Kälte in mir, als ich jetzt eine kleine signalrote Fahne dort in den Deich steckte, wo wenig Wasser durchsickerte. Hannah hielt zweifelnd Ausschau nach ihrer Schuld, um es uns Beiden zu erleichtern. Levis, brevis, lange Briefe, kein Ende in Sicht.

Ich überlegte, ob ich im Dorf bleiben würde, sollte es mir unmöglich werden, mich weiterhin als Deichwache einsetzen zu lassen. Noch fühlte ich genügend Kraft in mir, so schnell zu gehen, dass Hannah nur mühsam folgen konnte. Plus vite, plus vite, plus vite, monotoner Zweiklang unserer Schritte auf weicher Erde. Kein krrrk, kein krack mehr auf frostig steifen Gräsern. Hannah hatte vergeblich versucht, mich mit Sätzen zu reizen oder zu verletzen. Woodstock ist nur ein Ort in den USA. Give peace a chance. Die Vergehen vergingen im Laufe der Zeit. Was bedeuten sechs Millionen Menschenleben? Was war noch wichtig?

Die Katze könne nicht im Haus bleiben, früher hätten Mensch und Tier auf Bauernhöfen unter einem Dach gelebt. Nur der doppelte Singular hatte mich gestört. Jetzt genügte ein Gedanke an den Tod meines Vaters, jener Mai damals, meine Augen wurden müde, mein Körper war ganz schwer und kraftlos.

Am Tag, als mein Vater starb, war meine Patentante zu Besuch gekommen und hatte mir einen Globus geschenkt. Meiner damaligen Überzeugung nach waren die Ereignisse in Paris für meinen Bruder wichtiger gewesen als der Tod meines Vaters, zumal er schon seit zwei Semestern an der Sorbonne studiert hatte. Sein „Vive la mort" war unverstanden geblieben. Meine Mutter hatte mich mit ihm zusammen nach Paris geschickt, um in ihrer Trauer allein zu sein. Einsam, wie ein Vogel allein stirbt. In Paris war ich, als mein Bruder einen Stein aus seinem Schuh schüttelte, über das kühl steinerne Geländer einer Seinebrücke gesprungen. Jahre später hatte mein Bruder mir gesagt, dass wir über den Pont Neuf zur Ile de la Cité hatten gehen wollen. In meinem damaligen Alter waren Grenzen schon verschwommen für mich, Definitionen waren schwammig, Werte konnte ich nicht mehr zuordnen. Ich war jenseits von gut und böse geführt worden. Im Krankenhaus hatte ich gesagt, die Farbe der Seine habe mich irritiert und zum Sprung veranlasst, lehmiges Grün. Die Ärzte gaben sich damit zufrieden, denn sie glaubten ebenso wie mein älterer Bruder, der Verlust des Vaters sei der wahre Grund. Die doppelte Unrichtigkeit deckte die Wahrheit vollkommen zu. Auch später hatte ich oftmals wahre

Absichten mit glaubhaft erdachten Begründungen bemäntelt. Meine Mutter hatte liberal von der Pflicht zum Leben und vom Recht auf einen Tod gesprochen, so dass sich bei mir keine Schuldgefühle entwickeln sollten. Manchmal auch hatte ich angenommen, ich tauge nicht zum Leben.

Zu meiner Überraschung waren die Kastanien in Paris bereits dichtgrün belaubt gewesen, kerzenbeleuchtet, während bei uns daheim noch unsinnig beschnittene Äste störrisch schwarz in den Himmel drohten. Auf dem Montmartre war mir ein Geldstück auf das Steinpflaster gesprungen, sehr viel später erst hallten Schüsse, klimpernd sprang die Münze von Stein zu Stein, ein Maler hatte sie aufgehoben. Er hatte mich zeichnen wollen, kostenlos, ich setzte mich bewusstseinslos auf seinen Hocker. Als er meinen Kopf zur Seite drehte, spürte ich seinen Daumen sanft unter meinem Jochbein. Os zygomaticum. Ich veränderte mich aus der Kohle auf das Papier und sah den Schatten des Malers auf dem Platz, der in Quadrate eingeteilt war, langsam sterben. Mein trauerndes Schwarz hielt er für existenzialistisch.

Ich erlebte einige Tage und Nächte in seiner Wohnung. Wichtig war mir, warum die Steine des Straßenpflasters härter waren als die der Häuser. Er ließ mich Namen und Bezeichnungen vergessen, nur Farben noch und Strukturen sollte ich sehen. Seine körperlichen Berührungen entsprachen dem morgendlichen Milchkaffee im Stehen. Als er mir Menschen auf Bänken und Umhereilende unter Kastanienbäumen zeigte, dachte ich an Renoir und spürte gleich Angst. Ein alter Mann saß bemützt unbeweglich in einem Stuhl, die Hände über der Rundung des Gehstockes gerundet. Ich wusste ganz ruhig, wo ich war. Oft erschienen mir Menschen, mit denen ich nicht sprach, wie in Szene gesetzt, Schauspieler. Ihre Bewegungen hielt ich für grundlos, wie gewollt war ihr Handeln auch. Mein Bruder kümmerte sich unterdessen um wichtige Dinge, er hatte keine Zeit für mich. An einem meiner letzten Tage in Paris beunruhigte mich, wo der Himmel beginnt, die Antwort des Malers war ein mir unverständliches Murmeln gewesen: murmurant comme un torrent. Später hatte er gesagt, zwischen einem Stück Weißbrot und einer brennenden Kerze hinter einem geschlossenen Fenster bestehe kein Unterschied. Ich dachte nur an die Grüße nach drüben. An unserem letzten gemeinsamen Abend hatten wir auf einer Bank an der Seine gesessen. Vorübergehende Deutsche hatten uns für Clochards angesehen, ich hatte nichts für diese Menschen empfunden. Ich hatte auch nichts mehr denken können.

Hannah fragte mich wieder, warum ich sie mein Tagebuch nicht lesen ließ. Sie glaubte mir nicht, dass ich auf Anraten meines Arztes schrieb. Auch wollte sie nichts einsehen, zweifelnd und dann verzweifelt suchte sie nach Zeichen bei mir, die sie für uns deuten könnte. Ich musste mir eine Klarheit verschaffen. An ihrer Hand sah ich den Ring mit dem Jadestein. Seit ihrer Kindheit hatte sie gewünscht, Meyer zu heißen, so wie es der Traum ihrer Freundin war, mit dem Auto in einen leichten Unfall verwickelt zu werden.

In einer kurzen Ehe war Hannah mit einem Psychologen verheiratet gewesen, er hatte Hannahs Wunsch erfüllt. Sie hatte mir ihren früheren Mann einmal in der Universität gezeigt, unser Kennenlernen war kaum so zu nennen gewesen. Hannah war sich sicher gewesen, nur mich zu lieben.

Es ging mir immer nur schlechter, verzweifelt drückte ich die Hände in die Taschen, Fäuste bohrten sich gegen die Nähte der Leinensäcke.

Laufend hörte ich mich unhörbar stöhnen, jedes Ausatmen begann gepresst und endete lautlos, verhalten. Es gelang mir nicht mehr, selbstvergessen zu atmen. Ich war nur noch und vollauf damit beschäftigt, meinen Körper unter einer Kontrolle zu halten. Meine Augenlider pressten sich zusammen, sodass mein Gesicht durch Falten unkenntlich wurde. Die Hand glättete das Gesicht, um gleich darauf über dem Ohr im Haar zu raufen und dann die Stirn zu verdecken. Die Beine wurden unerträglich schwer, untragbar, alles wurde zu einer Last. Als ich laut den tief eingesogenen Atem ausstieß, fragte mich Hannah, ob ich wieder Schmerzen im Kopf verspürte. Plötzlich war ich so müde, dass ich stehen bleiben musste. Ich bemühte mich, doch gelang es mir nicht, die Schultern hoch zu ziehen und ohne Anstrengung so zu halten. Vom unteren Halsansatz bis zu den Händen verlief eine fast gerade Linie. Meinen Kopf sah ich schräg liegen, dann sank er auf die Brust. Ich versuchte jetzt nicht mehr, die Augen offen zu halten. Als Hannah mich umarmte, hing ich welk wie eine Stoffpuppe in ihren Armen. Ihre Bewegungen schienen mir sehr schnell, fast hastig.

Nur wenig hatte ich Hannah von meinen und unseren Erlebnissen in Südamerika erzählt. Sie sah lediglich, wie ich jetzt lebte. Ich hatte nicht für möglich gehalten, nach meiner Rückkehr wieder mit ihr zusammen zu kommen. Die ersten Monate war jeder Versuch gescheitert, ich hatte inzwischen geglaubt, dass die Reise nicht die Ursache der Schwierigkeiten war, nur eine Verstärkung. In der Zwischenzeit hatten Peter und Annie ihre Arbeitslosigkeit mit einer Parteikarriere ausgeglichen. Christine hatte ein weiteres Studium begonnen, das sie eines Abends in der Atacama geplant hatte. Sie hatte von ihrer Furcht gesprochen, in einem ungewollten Leben zu versinken.

Wir hatten einen Wagen gemietet und auf dem Weg in die Wüste einen umher ziehenden Spanier mitgenommen. Er sei schon lange unterwegs, so dass er auch nach Franco nicht mehr hätte zurückkehren können in das geprügelte Spanien. Zwischen zwei Liedern hatte er die Gitarre auf den Boden gelegt und gesagt, die Chilenen hätten viel von uns gelernt. In meinen Augen hätten wir einen Hass sehen können. Um zu schlafen, war ich weit gegangen, dass ich Christine und den Spanier weder sehen noch hören konnte. Ich wollte ihnen nicht ein Glück ermöglichen, ich wollte nichts verhindern. Ganz willenlos war ich und doch fühlte ich mich besser als manchmal. In einigen Tagen würde der Mond eine vollrunde Form zeigen, es war so hell, dass ich aus den Steinen neben mir Buchstaben legen konnte und sie als meine Initialen erkannte. Damned PP again, ich ging einige Schritte von meinem Lager fort, kühlen knirschenden Kies zwischen den Zehen. Nachdem ich endlich eingeschlafen war, schwebte ich in geringer Höhe durch einen unendlichen Raum, der gänzlich leer war. Weite Ebenen ohne Begrenzung, ohne Halt, ich wehte wie schwerelos. Ich erwachte, der Mond war untergegangen, mein Gesicht war nass, die Augen schwammen in den Höhlen, das Herz klopfte im Hals, würgendes, keuchendes Lärmen, ich schluckte Mengen einer dickklebrigen Flüssigkeit. Ich war allein in der Welt, es war, als lebte ich nicht mehr. Ich blieb in der Nacht wach, bis der Tag das Schwarz weg wischte. Am Morgen standen Christine und ich lange in der Sonne und wir umarmten einander. Wir verließen das Land, ohne gefrühstückt zu haben. Wieder in Peru, lernten wir einen Archäologen kennen. Er war Pole und lebte in Schweden, wenn er nicht in Südamerika war. Durch seine Arbeit würde uns der Zusammenhang hergestellt zwischen Vergangenheiten und gegenwärtigen Geschehnissen. Auch mein Leiden relativierte sich, es ging mir besser. Die Zukunften erschienen wieder weniger trostlos. Ich dankte dem Archäologen nicht.

Hannah wollte wissen, wie es mir ginge, was mit mir sei, sie fühlte sich aus weiter Ferne angeblickt. Tränen glänzten in ihren Augen, sie ahnte, in welchen schwarzen Räumen ich eingetaucht war. Sie sagte nichts, ihre stille Umarmung schien mir zu helfen, wir gingen wieder. Neben uns sah sie das Wasser ruhig dahin fließen, zum Meer. Dort, wo Landausbuchtungen in den Fluss ragten, glucksten strudelnde Bewegungen. Gemächliche Fische hatten keine Mühe, gegen den Strom zu schwimmen. Wasserpflanzen bogen sich nachgiebig ohne abzureißen oder mitsamt der Wurzeln weggeschwemmt zu werden. Ein Schwan schwamm an uns vorbei, er kam nicht näher, als ob er uns nicht bemerkte. Hannah dachte an viel Mögliches, sie wollte mir und uns helfen. Pappeln würden rauschende Geschichten erzählen, sobald die Zweige wieder voller Blätter seien. Ich sah einen Hund auf einer Wiese sinnlos umherspringen, zwischen dem Kirchturm und einem großen Baum beim Gasthof ging die Sonne kaltweiß unter. Noch immer war ich von einer solchen Leere ausgefüllt, dass Hannahs weiche Lippen und die Wärme in ihren Augen ein Lächeln aus mir herausholten, das nur für sie war. Meine Bewunderung galt ihrem Bedürfnis, jedes Leben zu schützen. Vor einigen Tagen war ein Autofahrer mitten im Dorf gegen einen Baum gefahren und auf dem Weg in das Krankenhaus an seinen Verletzungen gestorben, die Nachbarin hatte die Kopfverletzungen betont, sie hatte auch von Alkohol gesprochen.

Eine schwelende Ahnung wurde zunehmend zu einer Gewissheit, dass ich mich nur mit Hannahs Hilfe in ein alltägliches Leben und in eine Arbeit würde einfügen können. Zunächst musste die Beziehung zwischen uns wieder ähnlich werden wie zum Beginn unseres Kennenlernens, dann würde eine weitere Zukunft denkbar werden für mich und uns.

Ich hielt meine Flucht aus den Verantwortlichkeiten auf das Land zu Hannah für richtig (wie: richtig? vs. verständlich), wenn mir so geholfen werden könnte. Sie fragte mich, ob ich die Deichwache nicht ausnahmsweise abbrechen könnte, vorzeitig beenden. Ich musste nein sagen, weil jede andere Antwort eine Selbstaufgabe hätte sein können; ich hatte eine Aufgabe zu erfüllen. Entfernt sahen wir einen Menschen auf dem Deich, ohne ihn erkennen zu können, dass wir seinen Namen hätten sagen können. Hannah fragte, ob es mir recht sei, wenn sie nach Hause ginge. Ich sah sie an. Sie wartete auf eine Antwort. Sie wollte Gardinen waschen, die stark verschmutzt waren, als der Kaminabzug nicht funktioniert hatte. Gern hätte ich gewaschen, so wie ich schon seit Tagen das Geschirr abgewaschen und mit dem Reisigbesen die Diele ausgefegt hatte. Der Reisigbesen war der letzte im Dorf beim Krämer verkaufte, den Krämer gäbe es bald dem Namen nur noch nach. Würden mir andere Möglichkeiten unmöglich bleiben, könnte ich das Haus versorgen, während Hannah außerhalb arbeiten würde, instrumentell. Vorgestern hatte ich, die Arbeit unterbrechend, meine zähe Traurigkeit lange im Spiegel betrachtet, ohne irgend eine Veränderung bemerken zu können. Wie weinerlich ich geworden war, ohne noch weinen zu können. Als ich den Schalter an der Lampe über dem Spiegel betätigt hatte, war das Licht erloschen, wie ich erwartet hatte. Dann hatte ich den Fernsehapparat eingeschaltet, das Bild lief zwar nach oben weg, doch ich fand darin keinen Anlass zur Beunruhigung. Von der Entführung eines italienischen Industriellen war die Rede. Ich hatte ein Brot mit Tomaten, faden Tomaten und viel

Zwiebeln gegessen, auch eine Dose mit Ölsardinen geleert. Sardine da Sardegna?

Hannah sagte, sie wolle jetzt gehen. Ob ich nach der Deichwache gleich nach Hause käme. Ich sah keinen Ausweg. Sie sagte so beiläufig nach Hause, dass ich mit einem bejahenden Brummen antwortete. Da ich wusste, sie würde sich umsehen, vermied ich es, ihr nach zu sehen. Ich würde sie nur den Weg vom Deich zum Dorf gehen sehen. A.C.I., keine Hilfe zu erwarten in dem Notfall, der Industrielle war wahrscheinlich in einem Möbelwagen über Landstraßen gefahren worden. Als ich Hannah einmal zum Zug nach München gebracht hatte, war ihr Taschentuch noch zu sehen gewesen, als sonst niemand mehr winkte. Andere Menschen, die auch als Begleiter gekommen waren, strebten erleichtert bereits wieder dem Ausgang des Bahnhofs zu, plötzlich war es mir peinvoll, fast painful gewesen, Hannah noch hinterher zu schauen und ich war zum Auto gerannt. Beim hastigen Überqueren der Straße hatte mich ein Auto angefahren, ich war gestürzt und hatte mir die Haut an der Schulter abgeschürft. Als ich mich jetzt umwandte, drehte Hannah auch gerade den Kopf zu mir und winkte lachend. Ich wurde ärgerlich und freute mich darüber, worüber ich mich auch freute, wenig zwar nur.

Schulthoff hatte erzählt, dass beim Hochwasser vor zwei Jahren der Deich an einigen kleineren Stellen gebrochen war. Schon davor hätte er gewarnt, die meisten seiner Forderungen seien jedoch bis heute nicht erfüllt worden. Damals waren drei seiner Schafe ertrunken. Die Herren Politiker würden bereitwillig Gelder nur genehmigen, wenn es um ihre eigenen ….

Ich hatte ein braunes, dann langes Haar auf meiner Hose entdeckt und es unauffällig zu entfernen versucht. Schulthoff wirkte ungestört. Kurz nachdem Hannah und ich damals in der Stadt zusammen gezogen waren, hatte ich mehrmals mit Trennung gedroht, um meine Stärke zu demonstrieren. Oder um mich zu beweisen. Um mein Sein zu rechtfertigen. Et vice versa. Es hatte mehrere Vermutungen gegeben. Hannah hatte körperlich geantwortet, ihr Herz begann zu schmerzen, sie konnte nichts essen. Während ich einmal brüllte, begann unten auf der Straße, besser: in der Straße unten, ein Hund zu bellen. Ich schrie noch lauter, damit Hannah nichts hören sollte. Gleichzeitig dachte ich, es muss ein kleiner Hund sein und ich fand ihn angemessen klein für die große Stadt. Auch erstaunte mich, wie ich schreien und zu gleicher Zeit etwas anderes denken konnte. Hannah hatte wirklich nichts gehört, ich ging, um Peter zu fragen, ob er etwas gehört hatte. Hannah räumte unterdessen die Bücher richtig in den Schrank. Peter war wieder mit theologischer Sekundärliteratur beschäftigt, ich solle ihn nicht stören, ich pöbelte, er solle sich gefälligst erst einmal um Gott kümmern. Inzwischen war Annie zu Hannah gegangen, sie fragte, was willst du eigentlich bei ihm erreichen? Ich sah zur Zimmerdecke, eine Spinne spann Gespinste, ich sagte wieso eigentlich. Annie, unnachgiebig, was willst du mit deinem Verhalten verdecken. Ich wollte meine Ruhe und unerkannt bleiben. Annie und Hannah konnten sich nichts erklären. Die beiden umarmten sich, ich entdeckte in Hannahs Mundwinkel eine Speichelblase, die Lippen waren zum Heulen geöffnet, mir wurde übel. Annie küsste sie, ich wollte mir das Weitere erübrigen und ging hinunter in die Eckkneipe. Ich erinnerte mich, wie ich wütend werden konnte. Zwischen einem wulstigen Mann im grünen engen Rollkragenpullover und einem Mann im Anzug, der glatzköpfig in einer Zeitschrift nur blätterte und Kaffee trank, saß ich und sah ich klarer. Zum Fenster hinaus hielt ich Ausschau nach Aussichten. Die Tür nach draußen stand in nachmittäglicher Wärme offen, die Gespräche im Raum wurden noch nur leise geführt. Als ich mich betrunken genug glaubte, ging ich zurück, die Treppe hinauf, dann in die Wohnung. Um die beiden Frauen nicht zu stören, schlich ich zu Peter, der gerade vom Schreibtisch aufstand. Ich ging gleich wieder, im Toilettenbecken sah ich unverdaute Mohnkörner. Ich schlief auch bei Peter, sagte, er sei zu schön für eine zwischengeschlechtliche Partnerschaft. Er grinste, ganz natürlich, schlaf dich erstmal aus. Am nächsten Morgen war mir wieder nebelhaft klar, dass wir nur neben einander her lebten. Einige Tage später hatte Hannah Christine als neue Mitbewohnerin angebracht, die Räucherstäbchen in ihrem Zimmer sollten unserem Miteinander dienen. Wir benutzten diese Wörter dann mehrmals in Monaten. Christine verstand nicht, warum nur Alkohol und Zigaretten „positiv sanktioniert" seien als Suchtmittel. Einmal hatte ich ein leeres Bierglas auf ihren Che an der schwarzen Wand geworfen, später hatte ihre Zwiespältigkeit mich mitfühlender werden lassen. Bald sah ich auch über Hannahs wie demütige Blicke nicht mehr großzügig hinweg. Später sagte Hannah, sie habe damals ganz und gar bedingungslos zu leben gewünscht.

Wenn sie jetzt wollte, konnte sie meinen Beitrag zu der Geschichte beenden, sie konnte mich fertig machen, doch auch das brachte sie nicht fertig. Unsere Liebe, wie sie diese vage Vermutung nannte, die uns zusammen halten sollte. Ihre Liebe hatte mich auch damals davon abgehalten, das Studium abzubrechen und eine Tischlerlehre zu beginnen. Sie hatte mir alle Auswege verwehrt, jetzt hatte sie alle Möglichkeiten. Der Widerspruch zwischen Kopfarbeit und Handarbeit sei nicht mein ganz eigentliches Problem, hatte sie behauptet und recht gehabt, zumindest hatte ich ihr geglaubt. Zu ihrem Geburtstag hatte ich ihr eine Figur, abstrakt, aus einem Holzblock geschnitzt, sie hatte mich gelobt.

In den nächsten Tagen wird das Wasser hier bei uns den höchsten Stand erreicht haben, hatte Schulthoff gesagt, falls es nicht zu erneuten Regenfällen kommt. Ich bemühte mich hochzusehen, fast beruhigte mich die Systematik der Wolkenbildung schon wieder. Ein Tuareg hatte mich gefragt, HAVE YOU EVER SEEN THE RAIN, um seine Englischkenntnisse zu beweisen. Als ob ich mich glaubhaft machen wollte, hatte ich zu weinen begonnen. Ich ertappte mich, dass ich im Gehen eine lautlose Melodie summte, die ich nicht kannte. Auch wunderte ich mich, denn ich hatte schon keine Freude mehr an Musik.

Hannah bereitete ein Essen. Eier hatte sie ordentlich auf den Tisch gelegt, ohne mich auch nur einmal beifällig anzusehen. Silberhell sank Staub, lampenlichtdurchflutet, Erde zu Erde, Staub zu Staub. Als Hannah wieder von vorzüglichen Landeiern sprechen wollte, ging ich nach dem Kaminfeuer sehen. In der Küche schaltete sich die automatische Heizung ein. Hannah hatte die Kunststoffschränke in der Küche noch durch hölzerne ersetzt, als ich in Südamerika war. Die braune Teekanne im Regal war für mich wie ein Dekorationsstück, der Eckschrank mit den zu schönen Kristallglasscheiben hatte die gleiche Hauptfunktion. Ich sah nur braun, beige, gelb und weiß sowie deren Vermischungen. Die blaue Vase, die ich in das Regal gestellt hatte, war am nächsten Tag herunter gefallen und zerbrochen.

Ich zwang mich wieder zum Essen. Nicht wissend, ob mir das Essen gut schmeckte, konnte ich nur sagen, wie es schmeckte. Um einen

Konflikt zu vermeiden, sagte ich, es schmeckt mir gut. Ein Tropfen in der Farbe eines getrockneten Kürbisses war an der Wand herunter gelaufen und bald erstarrt. Sehr sorgfältig wusch ich ab. Die Frage, was ich tun könnte, würde eine Tasse zerbrechen, hinterließ nur eine Ratlosigkeit in mir. Ich hörte Hannah telefonieren, ihre Aktivität überraschte mich nicht mehr. Es war wahrscheinlicher, dass sie jemanden angerufen hatte, als dass sie angerufen worden war. Es ginge um die Neueindeichung des Flusses. Die Trockenlegung größerer Gebiete sei nicht nur der Tod der Moorlandschaft, sondern gleichzusetzen mit dem Verlust mehrerer hier heimischer Pflanzen. Es durchzuckte mich, sie hintergehe meine Deichwache. Hannahs Mütterlichkeit paarte sich mit kritischer Sachlichkeit, wollte ich mich sogleich beruhigen. Wollen war schon ein zu starker Ausdruck, gänzlich übertrieben für meine Unterwerfungen. Ich fühlte mich wie ausgeschabt. Meine äußere Hülle war wie mit einem Nichts ausgestopft. Das Zittern meiner Hände wurde so stark, dass ich das Abwaschen des Geschirrs unterbrechen musste. Hannah legte das Telefon klackend auf die Tischplatte, schnell suchte ich nach einer sinnvoll aussehenden Beschäftigung. Ich öffnete die Kühlschranktür, als ob ich etwas finden wollte. Ich wollte sie nicht betrügen, mich wollte ich täuschen. Mein Verhalten sollte für sie undurchsichtig sein. Sie nahm eine Flasche Mineralwasser aus dem Schrank, trank ein großes Glas in wenigen Zügen leer. Den Verschluss und den Öffner ließ sie im Regal liegen. Übelkeit würgte mich. Der Kloß in meinem Hals verhinderte, dass ich sie ansprach, bis sie wieder aus der Küche ging. Die Zeit schlich in Schleifen und Bogen, in denen ich mich verbergen wollte. Ich versuchte, Gefühle aus mir heraus zu holen, nur Versunkenes kam zum Vorschein.

Lange war es unmöglich gewesen, mit Lena befriedigend zusammen zu sein. Schließlich hatte sie von verschiedenen Gliedmaßen gesprochen, sie ansehen und berühren können.

Ich hörte mein Herz nicht mehr gleichmäßig schlagen, Hannah wollte am späten Abend noch eine Bekannte im Dorf besuchen. Als ich mir durch das Haar strich, wuchs das Ticken meiner Armbanduhr zu einem Lärm. Die Wanduhr jagte immer schneller, obwohl die Zeit immer langsamer verging, nicht vorwärts, nur weiter. Sekunden dehnten sich zu langen Bereichen der Wahrnehmung, Minuten enthielten ein ganzes Leben. Meine Vergangenheit bestand nur noch aus Sätzen, die nicht zu mir gehörten. Als dem US-amerikanischen Außenminister der Friedensnobelpreis anvertraut wurde, fuhr meine Familie nach Italien und wollte nicht mehr über Vietnam reden. Während sich in Nordirland Menschen noch immer erschossen, studierte ich in Hamburg. Oder in Marburg. Im südlichen Libanon, damals die Schweiz des Nahen Ostens, lebte ich eine Zeit bei einem immigrierten Aufseher einer Bananenplantage, dessen Bruder zu früh, unnatürlich früh gestorben war? Mein Vater starb und ich stand am offenen Grab und fror? Jetzt ging ich nur noch selten zum Friedhof, ich wollte niemandem Rechenschaft schuldig sein, Begründungen meines Verhaltens hielt ich für unnötig.

Hannah kam früher zurück, als ich erwartet hatte. Ich hatte nicht gehört, als sie die Gartenpforte geöffnet hatte. Das Licht hatte ich nicht rechtzeitig ausschalten können, als sie schon schattenhaft am Fenster vorbeiwischte. Sie saß schweigend neben mir, weil ich gesagt hatte, die Schmerzen im Kopf drücken wieder. Ich konnte mich nicht entscheiden, etwas zu tun, ich hatte nur Angst, zwischen mehreren

Möglichkeiten wählen zu müssen. Die Angst vor der nächtlichen Einsamkeit im Traum war bedrohlicher für mich als die Unerträglichkeit, neben Hannah sitzen zu müssen. Ich legte Holz auf das Kaminfeuer und holte einen kleinen Vorrat von draußen herein. Neben der Tür baumelte neu eine unbeschriebene Tafel an einem roten Band, mit einem fusseligen Bommel am Ende. Eine solche Tafel hatten wir früher benutzt, um Nachrichten für die Mitbewohner zu hinterlassen. Ich saß dann so erschöpft im Sessel, dass ich meinen Kopf mit beiden Händen stützen musste. Die Augen drückten in einer Müdigkeit, obwohl ich sie geschlossen hielt. Ich wusste wieder nicht, was ich tun konnte. Lautloses Wasser überzog die Fensterscheiben in strömenden Bahnen. Die Kerzen im Ständer waren zu kurzen Resten herunter gebrannt, trostlose Tränen verharrten auf den Armen des Leuchters. An einer Schrankecke war Holz abgesplittert. Ich atmete tief durch. Ich dachte, ich sollte mir ein Buch holen, um mir zu helfen, doch ich konnte mich nicht aus dem Sessel erheben. Auch wusste ich nicht, für welches Buch ich mich hätte entscheiden können. Hannah entwarf Pläne für die nächsten Tage, mir wurde schwindlig, ich verfolgte mit Blicken die Balken in der Wand, bis ich keine Luft mehr bekam. Ich war ganz unsicher, was ich tun sollte. Dann ging ich nach draußen, wo der Regen mich nicht berührte, nur als Rauschen in den Ohren existierte, als ich lauschte. Als ich wieder auf den rotbraunen Tonfliesen in der Diele stand, wusste ich nicht mehr, dass ich die Tür geöffnet hatte. Wie war ich herein gekommen? Es wurde mir unvorstellbar, mich zu bewegen. Meine einzige Tätigkeit bestand darin zu atmen. Dem tiefen, langsamen Einatmen der Luft folgte stoßweises Ausatmen. Die Augenlider pressten sich zusammen, als ob die Augäpfel nicht heraus fallen sollten. Ich glaubte nicht, was ich sah, ich rollte die Augen, um zu prüfen, ob die Gegenstände unbeweglich im Raum stünden. Um Informationen verlässlich zu erhalten, traute ich meinen Augen nicht, sondern befühlte das Teeglas in meinen Händen. Wie ich zu zerfließen begann, meine Finger glitten am Glas ab, meine Blicke rutschten an den Wänden entlang. Hannah hörte ich noch immer zu mir sprechen. Ich konnte sie nicht verstehen.

Sie fragte, ob sie mit einem Arzt telefonieren sollte, schnell sagte ich nein. Mein Rücken schmerzte ziehend, wenigstens fühlte ich ihn wieder. Ich sah meine Hand, wie sie meine gestrickte Jacke glatt zog. Ein Holzscheit war vom Feuerhaufen gefallen. Es lag abseits und glomm nur noch schwach, bald würde es völlig erlöschen. Als Kinder dann hatten mein Bruder und ich Kartoffeln in die Glut der Feuer gelegt, der Rauch ließ Sehnsüchte ohne Ziel in den Augen brennen, Hoffnungen waren noch nicht verstümmelt, Wünsche durchzogen uns groß und schmerzvoll. Später waren wir mehr und mehr gestorben, je länger er und ich lebten. Letzten Sommer hatte ich ihn auf dem Land besucht. Als wir in einer weiten Landschaft gegangen waren, hatte ich eine blausternförmige Blume entdeckt, die mir unbekannt war. Ich war erschrocken gewesen, als ich mich nicht hatte freuen können, dann war ich nur noch erstaunt.

Hannah fragte, ob wir nicht schlafen gehen wollten. Ich bat sie, noch zu bleiben, weil ich mir die Nacht im Bett jetzt nur grauenhaft vorstellen konnte. Ihr Blick sah liebevoll aus und zärtlich, fast dankbar. Sie besaß die Fähigkeit, mein Verhalten so zu beurteilen, wie sie mich haben wollte. Zugleich war sie unfähig, mich so in der Wirklichkeit zu sehen, wie ich war. Es war meine Schuld, dass sie nicht wusste, warum ich war, wie ich war. Und doch konnte Hannah sich in mich hinein denken, in ein lebensfeindliches Leben einfühlen auch, denn ich litt lediglich mehr noch als sie. Sie hatte niemals grundlos zu leiden gehabt. Sie musste sich mit Zweifeln plagen wie ich, nur fand sie immer wieder Ausreden und Auswege aus ihren Verzweiflungen. Schon beim Spielen als Kind hätte ich oftmals so lange gezögert und gezaudert, welches Versteck ich wählen sollte, bis ich schließlich als Erster entdeckt wurde

Eine Müdigkeit zog schwer in mir. Hannah beobachtete mich, doch ich konnte noch nicht schlafen gehen. Ich funktionierte nicht mehr so, dass ich jetzt dem Wunsch meines Körpers hätte nachgeben können. Wenn ich mich jetzt öffnen könnte, um Hannahs Gefühle in mich einfließen zu lassen, wenn ich mich nicht verbergen müsste, würde ich mir und uns helfen. Ich atmete nicht mehr, um zu leben, ich lebte nur noch, um zu atmen. Die Frage, warum ich war, existierte nicht mehr für mich, ich war nur noch ohne Grund. Ein Gefühl einer Leere und Tiefe war in mir. Die Luft war wie dickflüssig, jeder Atemzug wurde zu einer Qual. Der Kloß in meinem Hals würgte mich, weder konnte ich schlucken, noch konnte ich etwas sagen. Und ich wollte nichts sagen zu Hannah, nur musste ich immer in mich hinein horchen, bis ich wünschte, einen einzigen einfachen Satz hervor bringen zu können, der das Tor in eine Zukunft aufstoßen würde. Hoffentlich lässt der Regen bald nach. Ich sagte nichts. Meine Gedanken kreisten, ohne sich aus meinem Thema fort zu bewegen, sie hielten mich wie gefangen, der Versuch misslang, in Augenblicke der Hoffnung zu entfliehen. Alles, was ich sah, fiel auf mich zurück und ließ nur Rückschlüsse auf mich zu.

Das Feuer im Kamin war herunter gebrannt. Es schien unmöglich, die Glut noch einmal zu einem lodernden Feuer zu entfachen. Im Fenster lauerte unendliches Schwarz. Hannah sagte, die Blume auf der

Fensterbank habe sie von der Nachbarin geschenkt bekommen, als sie in das Dorf umgezogen war. Ich sah die meisten Blätter welk herab hängen. Ich schwieg. Hannah schlug vor, noch kurz nach draußen zu schauen. Obwohl ich mir nicht denken konnte, mich zu bewegen, stand ich doch auf. Ich hörte meine Schritte klar, fast metallisch zur Tür hin klacken. Hannah drückte vorsichtig die Klinke hinunter, trostlose Leere sog uns hinaus. Mir fiel ein, dass ein Lehrer gesagt hatte, in der Physik gebe es den Begriff saugen nicht, alles, was in Gedanken gesaugt wird, werde in der anderen Wirklichkeit gedrückt. Hannah legte ihre Hand auf meine Schulter, ihr Kopf ruhte wie gewichtslos an meinem Arm. Die Wolkendecke teilte sich, wie ein Vlies zerreißt, eine Scheibe des Mondes zeigte sich silberweiß. Monoton fielen Tropfen aus einem Baum in den See, der darunter ausgebreitet wurde. Ich legte einen Arm um Hannahs Hals und hoffte dabei auf sie. Regentropfen waren zu Perlenketten auf dem Fenster aufgereiht. Das silbrige Mondlicht hier draußen auf der Nässe schuf eine Wirklichkeit, in der ich zu leben hoffte. Das Licht und die Schatten waren klar getrennt. Es fiel mir ungewohnt leicht, mich in der Welt zurecht zu finden. Gern hätte ich Wörter zu Hannah gesagt, die Verbindungen zwischen uns hergestellt hätten. Ich sah sie an, doch sie schien mir entfernter als zu der Zeit, in der ich in Südamerika gewesen war. Sie stand nur neben mir. Unsere Leben liefen wieder nur neben einander her. Als Kind hatte ich anderen Kindern beim Spielen nur zugesehen, auch hatte ich später versucht, mich aus allem heraus zu halten, um mich zu sichern. Es war mir unmöglich, an Hannahs Leben teilzunehmen. Einfache Erklärungen sollten mich retten.

Wenn ich sagte, ich bin ich, dann lag darin kein Stolz, ich hätte sagen können, bitter sei der Geschmack in meinem Mund und schal, meine

Lippen pressten sich zusammen. Im Laufe der Zeit wurde ich mir immer unähnlicher, doch ich wurde zu dem, der ich war. Ich wurde mir fremd. Ich hatte nicht versucht, durch das Studium jemand zu werden, ich hatte nur ich werden wollen oder ich sein, zu spät hatte ich die Möglichkeit der Unmöglichkeit eingesehen, auch die Unmöglichkeit von Möglichkeiten. Hannah war bescheidener gewesen, viele Versuche hatte sie unterlassen. Wenn sie einen Clown sah, lachte sie. In einem Kaufhaus hatte sie einen Bekannten getroffen und im Vorübergehen gelächelt. Sie hatte sich über eine verschenkte Blume gefreut und war wütend gewesen über jeden Amerikaner in Vietnam und viel später im Irak. Immer wusste sie, dass Arbeitskämpfe richtig waren, ohne taktische Begründungen für nötig zu halten. Immer hatte ich mich damit begnügt, nichts zu wissen. Hannah hatte behauptet, ich hätte niemals am Leben teilgenommen, ich hätte trotz aller Erlebnisse noch niemals gelebt.

Sie wollte, dass ich die Regentropfen hörte. Ich aber dachte nur, Regentropfen sind keine mehr, sobald sie einen Gegenstand auf der Erde berührt haben. Ganz vergänglich schien mir das dauernde Plätschern und Rauschen. Sobald ein Regentropfen von einem Baum eingefangen wurde, war er nur noch Wasser, das verdunstend schon wieder auf dem Weg in eine Wolke war. Die Regentropfen wurden in der Bodenfeuchtigkeit zu einer läppischen Kleinigkeit, sie gaben sich auf in der Nässe. Laut hörte ich mein Herz klopfen und die Tropfen auf dem Hausdach trommeln.

Ich dachte an Afrika. Das Jucken der frischen Impfnarben war mir wichtig gewesen, deutlich spürte ich die Stellen am Oberarm. Verwundert, dann erfreut hatte ich eine Angst um mein Leben bemerkt.

In Afrika lebten schwarze Menschen, mehr war mir nicht wichtig gewesen. Sie lebten, während wir durch die Steppe auf eine Stadt zustoben, deren Scherenschnitt vom brennenden Himmel bedroht wurde, Ältere konnten auch an Brandruinen denken. Als ich später allein durch die staubigen Straßen schlurfte, war die Sonne längst herunter gefallen hinter unsere Welt. In der Dunkelheit glitten große weiße Augen umher, meine Ohren lernten afrikanisch zu hören. Geräusche, die mir unbekannt geworden waren, hörte ich wieder in einem Staunen und mit Schaudern. Auf dem Markt hatte eine Frau etwas zu einem Mann gesagt und er hatte gelacht, ohne dass eine Zeit vergangen war zwischen ihrem Satz und seinem kehlig glucksenden Lachen. Wie durch einen leeren Raum hatte ich mich von ihnen getrennt gefühlt. Ich glaubte nicht, dass mich jemand sah, während ich mich zwischen dem Schein der Öllampen hindurch wand. Es wurde nur die Welt beleuchtet, die gesehen werden sollte, dort war auch das Lärmen. Das Licht der Sonne hatte mich veranlasst, möglichst nur noch nachts zu leben. Plötzlich dachte ich auch an Urho damals in Kalajoki: kiitos, rakas; langlang war's her schon: bebrilltes Knie. Die Trommeln klangen stetig aus einer Ferne, niemals hatte ich sie gesehen.

Ich aß scharfen Reis von einem Stück Packpapier, trank kühles Wasser aus einer Konservendose. Als ich darauf achtete, den Mund nicht an der gezackten Kante zu verletzen, dachte ich, mein Leid sei endlich, endgültig verschwunden, zusammengeschrumpft und zurückgebildet zu einem Wort aus einem medizinischen Wörterbuch. Ich wollte mich meiner Zukunft entwinden, wollte hier, nur in Augenblicken leben. Eine Fliege tänzelte, unbeachtet nahezu, über die Stirn meines grauhaarigen Gegenübers. Mattbraune Falten zogen durch schwarzglänzende Haut. Mein Fuß verharrte abgezeichnet im Staub.

Der eingerissene Fingernagel kratzte an dem verbogenen Löffel. Gluckerndes Wasser rann in einem sehnig zuckenden Hals.

Ich wollte davon absehen und mich darüber hinweg denken, was andere Menschen als ihre Heimat benannten. Sobald ich losgelöst wäre von meiner abgelebten Zeit, würde ich zurückkehren können in mein Leben. Als ich lernte, dass ich gelernt hatte, wurde ich schon traurig. Meine Geschichte müsste neu beginnen, um einen anderen Verlauf zu nehmen. Mein Leiden würde enden, spurlos, weil ich unsagbar und unendlich litt.

Hannah sagte, sie wolle mit meinem Arzt sprechen, ob das recht sei. Sie lehnte sich gegen die Wand zurück, sie ruhte in sich, ohne verschlossen zu wirken. So ließ sie sich gut beschreiben. Ihr Rock hing fallend schlaff um ihre Beine, ohne dem Betrachter eine Traurigkeit zu vermitteln. Das Haar glänzte nass und dunkler, wie zu sich sagte sie, wir werden uns erkälten. Ob er mit ihr ein Bad nehmen wolle, das habe prophylaktische Wirkung. Sie sah ihn an, während das Wasser rauschend in die Wanne lief. Als sie in der Wanne saßen, befand sich der Wasserhahn zwischen ihnen, beide veränderten mehrmals die Temperatur. Sie wollte ihn kennen und sein Verhalten zu deuten versuchen. Gleichmäßig fielen Tropfen aus dem Hahn auf die Oberfläche des Wassers und verbanden sich mit dem Wasser zu einem einheitlichen Ganzen. Wellen entfernten sich als Ringe zu ihren Oberkörpern hin und verringerten den Abstand zwischen ihnen. Er zählte mit dem Tropfen und zusehend entspannte sich sein Gesicht zusehends. Sie drehte den Hahn fester zu, fing dabei einen Tropfen kurz vor dem Sturz noch ab und streichelte mit ihrem Fuß an seinem Bein entlang. Obwohl sie sich sichtlich bemühte, konnte sie keine Reaktion an ihm entdecken, die zu ihren Zärtlichkeiten gepasst hätte. Er sah nur müde aus und sie sagte, wie um ihn zu rechtfertigen, es ist schon wieder so spät. Eine Antwort war nicht erforderlich, deshalb sagte er nichts. Sie trockneten sich gegenseitig mit einem großen roten Tuch ab, er rieb nicht sorgfältig, sie entfernte die restliche Feuchtigkeit von ihrer Haut. Auf dem Weg über die Diele ging er nicht neben ihr, sondern einen Schritt schräg hinter ihr. Als sie im Bett lagen, sah sie die Haare auf seinem Arm eng an der Haut liegen, wie Bleistiftstriche. Sie dachte, seine Liebe sei verloren gegangen und sie könnte keine neue erfinden. Dennoch hoffte sie auf eine gemeinsame Zukunft. Seine Augen sahen leer, wie gelöst zum Weiß der Zimmerdecke hoch, als ihr Blick suchend über sein Gesicht tastete. Die Lider schoben sich ihm träge über die Augäpfel, er schlief schneller ein, als sie erwartet hatte. Im Schlaf atmete er zunächst gleichmäßig, doch bald zitterte die Luft aus seiner Nase. Er stieß den Atem stöhnend aus, manches Mal behielt er lange die Lungen voll, bevor sein Brustkorb keuchend wieder zusammenfiel. Hannah stützte sich auf einen Arm und sah ihn von oben an, sein Wimmern wurde immer lauter. Er begann den Kopf hin und her zu werfen, den Körper auch zu wälzen. Als sie ihm die Decke zum Kinn hoch zielen wollte, spürte sie, dass seine Haut von klebrigem Schweiß kalt überzogen war. Sie wollte ihm helfen und streichelte seine Wangen. Seine Augen rollten unter den Lidern, wie in einem Schmerz verzog er sein Gesicht. Plötzlich richtete sein Körper sich unter einem heftigen Zucken auf, dann fiel er, sich auf den Bauch drehend, und atmete wieder ruhiger. Sie drängte sich an ihn, umarmte ihn, endlich dann einschlafend fühlte sie das nassgeschwitzte Laken.

Drittes Tagewerk

Auf der Rückfahrt in Napoli hatte in zu schönen Buchstaben an der roten Ziegelwand einer Fabrik gestanden: CONTRO IL TERRORISMO E LA VIOLENZA – PER LA DEMOCRAZIA E LA LIBERTÀ. Er las es, als ginge es ihn nichts mehr an. Andere Wörter waren unleserlich, dicke schwarze Farbbalken wiesen Möglichkeiten auf, die verborgen blieben.

Aus der Dunkelheit um das Bett schälte sich mählich das Gesicht heraus wie eine Insel in der Ferne zwischen dem Blau des Meeres und der Bläue des Himmels. Hannah war sich ihrer Gefühle sicher, ohne sie abzusichern, ohne sich auch absichern zu müssen. Sie konnte sich ihre Wahrnehmungen erlauben. Die Falten wie erstarrte Wellen in seinem Gesicht schienen ihr zu tief für die Jahre, die er als sein Alter bezeichnete. Hannah wollte ihn so lange ruhig weiterschlafen lassen, bis er aufwachte, die Tabletten schienen ihm zu helfen. Sie hatte in der Zeitung von einem Jungen in Brasilien gelesen, der in seiner Krankheit alle Symptome eines Greises aufwies. Weiße Haare, schrumpelige Haut, mangelhafte Akkomodationsfähigkeit, Schwerhörigkeit. Nachlassende intellektuelle Fähigkeiten und allgemeines Disengagement wurden als Indizien gewertet, dass der Jüngling zu schnell oder zu sehr gelebt habe. Hannah sah keine sichtbare Bewegung neben sich. Der Kopf lag in der Farbe des Leinens in die Kissen gedrückt, die Bartstoppeln sahen aus, als seien sie erst nach einem plötzlichen Tod aus der Haut gewachsen. Die fettsträhnigen schwarzen Haare verloren dort, wo das morgendliche Fensterlicht auf ihnen lag, ihre Dunkelheit und glänzten als farblose Flecken. Einzelne Haare durchzogen wieder wie Bleistiftstriche das regungslose Gesicht. Nur stoßweises Atmen deutete Hannah an, dass der Körper neben ihr noch lebte. Sie streifte einen kurzen Gedanken an ihre Liebe oder der Gedanke streifte sie. In wenigen Wochen würden Lerchen tirilieren und Spatzen tschilpen, sie könnte das Fenster öffnen, ohne zu frieren. Sie stellte sich vor, einem Amazonas-Indianer eine eisige Kälte mit ihren Worten begreiflich zu machen. Auch dachte sie an die Entdeckung einer neuen menschlichen Rasse, der sie einen Namen geben würde. Ihr fiel kein angemessener Begriff ein, es gelang ihr nicht, sich eine neue Wirklichkeit einzureden. Die Vorstellung beunruhigte sie, dass ständig Wellen durch ihren Körper zogen, ohne dass sie etwas von den Informationen erfuhr, die diese enthielten. Eine Ruhe kehrte schnell in sie und sie konnte sorglos um sich sehen. Mit zunehmender Zeit wünschte sie in einer früheren Zeit zu leben. Ihre Wirklichkeit war ihr jeweiliges Wissen um die Wirklichkeit.

Bewegungen gaben dem Körper neben ihr das Leben zurück. Sie hatte während ihrer gemeinsamen Zeit auch einen Teil seines Denkens übernommen, sie hielt ihn jetzt nur für wacher, nicht für wach. Während sie ihrem Körper ein bogenförmiges, konkav-konvexes

Aussehen gab, wachte er immer mehr auf, doch vermied er es, die Augen zu öffnen. Als wollte er seine Sinne gegen die Außenwelt abriegeln, sich der Welt verschließen. Unnachgiebig drangen ihre Zärtlichkeiten auf ihn ein. Vergebens begann er seinen Kopf mit Händen und Armen zu schützen, versuchte verstört wieder einzuschlafen, sich wegzustehlen vor den Anforderungen, die sein Leben schon wieder überfielen. Als sich seine Augen für eine kurze Zeit öffneten, fiel sein Blick auf die Spitzengardine vor dem niedrigen Fenster, die sich über der Heizung bauchte wie das Hochzeitskleid seiner Großmutter auf dem Foto im Familienalbum. Seine Mutter war dann bald nach der Hochzeit geboren worden.

Hannahs Atem klang gleichmäßig, er bemühte sich, seinen Atem ungewollt strömen zu lassen. Sie würde die blauen Tapeten durch rote ersetzen lassen, um ihm das Aufstehen zu erleichtern. Obwohl ihre Maßnahmen umfangreicher wurden, waren Erfolge nicht sichtbar. Er drehte sich auf den Bauch und (ver)steckte die Arme unter das Kopfkissen. Sie betrachtete sein Ohr mit verstohlener Neugierde, plötzlich glaubte sie einen Fremden neben sich liegen zu sehen. Nicht einmal sein Äußeres war ihr geläufig. In diesem Augenblick des Ansehens berührten sich kurz ihre Leben und als sie es dachte, entfernten sich ihre Gedanken bereits wieder aus ihm. In einem Schaudern wurde er ihr schon fremd. Sie wollte nicht wissen, wer er war, sie fühlte nur noch dumpf, wie sie geglaubt hatte, sein Lebenslauf würde sich ihrem asymptotisch annähern. Es war ihr gleichgültig gewesen, von wo sein Leben ihrem Ich zustrebte. Später hatte sie allenfalls Hoffnungen verloren, als die Zerstörung seines Selbst zu seiner Selbstzerstörung wurde. Ein Ich als Endpunkt war nicht mehr sichtbar, das Wir war schon lange brüchig gewesen. Vor dieser Zeit hatte er lässig über Gewitter reden können. Er hatte an Demonstrationen teilgenommen, wie er zornig in der Studentenzeitung geschrieben hatte, mit Hannah zusammen über die lange Geschichte des Paragrafen zweihundertachtzehn. Er wollte konkret gewesen sein, auch realistisch.

Er zog eine Hand unter dem Kissen hervor und führte sie im halbwachen Zustand langsam über den Hinterkopf, als durchzöge ein großer Schmerz seine Gedanken. Ihre Haare hatten sich als Arme eines friedlichen Kraken über das Kissen gelegt. Die Erwartung in ihren Augen trieb die Dunkelheit aus dem Zimmer. Sie hoffte, dass etwas geschehen würde, was sie erhoffte. Die Kruste platzte auf, die Schale zerbarst, oder: Oberflächen öffneten sich weit, um das Neue herauszulassen. Unsichtbares Blubbern, anfängliches Brodeln, Fumarolen entließen giftige Gase, neue chemische Verbindungen entstanden, sie würden ein neues Leben beginnen. Es schien ihr, als sei sie in der Vergangenheit jemand anders gewesen. Sie dachte an sich, indem sie sich wie ihr Inneres wie von außen betrachtete. Ihre Gefühle ordnete sie zu übersehbaren Haufen. Sie würden im richtigen Moment das Richtige tun. Gleichzeitig würden sie sich lieben und gleichzeitig würden sie ihr Sein spüren wie die Oberfläche des Tees in der Tasse eine zittrige Gegenwirklichkeit schuf. Ihr Verhalten würde zwangsläufig werden ohne zwanghaft zu sein, sie wären sich keine Erklärungen schuldig. Sie kannte niemand, der so überzeugend hoffen konnte wie sie. Niemals auch wurde ein Tun für sie zu einer Sisyphusarbeit. Sie wollte die Geschehnisse vorantreiben, ihre Sache beschleunigen, um IHRE SACHE doch noch zu ermöglichen. Ihre gemeinsame Aussicht war ihre gemeinsame Einsicht und die Möglichkeit von

Verwirklichungen. Noch hatten sie ihre gemeinsame Zukunft nicht verwirkt, noch waren Antworten offen.

Sie stieß mit einem Bein an den Schrank, er öffnete langsam die Augen, sah sie an wie einer, der erst nach dem Beginn eines Films in ein Kino kommt. Als sie ihn fragte, wie er geschlafen habe, schien er ihre Frage nicht zu verstehen. Oder nicht zu hören. Sie fragte ihn noch einmal, wie er geschlafen habe. Zeitlupenlangsam drehte er seinen Kopf in ihre Richtung, er wisse es nicht mehr.

Er ersparte ihr seine Träume, indem er sie verschwieg. Bittend fragte sie, ob er Tee oder Kaffee zum Frühstück wolle. Es gab auch andere Möglichkeiten, er zögerte, es sei ihm gleich, stammelte er, wobei er die Achseln wie fröstelnd hochzog. Aus einer Ferne hörten sie das aufdringliche Kreischen einer Säge durch Ritzen im Haus in ihre Ohren dringen. Beide sagten nichts zu der Durchlässigkeit der einen Wirklichkeit für die andere. Sie stand auf, ohne dass er Bewegungen machte, die so zu deuten gewesen wären, dass er sie daran hindern wollte. Er sah ihr zu, er sah zu ihr, wobei er sie nicht beobachtete. In seinen Augen war nichts, das sie Bedürfnis oder sogar Begierde hätte nennen können. Sie boxte ihre Hände als Fäuste durch die Ärmel des Morgenmantels und ging nur zur Tür, auch um ihn nicht verlegen zu machen, konnte er annehmen. Er sah oder hörte, als sie die Tür öffnete, wie sie mit der Unterkante der Tür schon vorhandene Schriefen über den Holzfußboden kratzte. Die Tür öffnete sich auf die Diele. Als sie die Tür schloss, schriefte es wieder, zum wievielten Mal, er hatte die Augen schon wieder geschlossen. Er verschränkte die Arme auf dem Kissen, unter dem Kopf, sah jetzt zur Decke. Er sah über sich in das wie unendliche Weiß, das viele Möglichkeiten, jedoch kaum

Hoffnungen bereithielt. Ihm fiel auf, dass er keine Wespe durch das Zimmer fliegen hörte, eine Wespe war nicht nur unwahrscheinlich, sondern unmöglich in dieser Zeit des Jahres. Sätze fielen ihm plötzlich wieder ein, die er irgendwann gehört hatte. Es war, als würde die Vergangenheit ihn nicht entlassen. Große Vögel mit großen Flügeln erhoben sich langsam von Weidezaunpfählen. Ein Mann rieb sich mit zwei Fingern über die Augen, dann die Nase entlang, als litte er an einer Antwort. Eine Frau trat aus einer Ladentür und blickte um sich, bevor sie fort ging.

Als Hannah jetzt zur Tür hinausgegangen war, hatte sie ihre Gemeinsamkeiten für eine Zeit unterbrochen, zumindest vorübergehend unwichtig werden lassen. Er schloss die Augen, doch er konnte nicht wieder einschlafen. Sein Körper verwehrte ihm diese eine Freude. Die Versorgungsleitungen verliefen sich unsichtbar in der Wand, in verborgenen Rohren flüsterte das Wasser. Er brauchte eine Kraft, um einen Lichtschalter zu betätigen, so wie jedes Tun zu einer Mühe wurde. Der Wecker tickte laut, er stellte ihn eine Stunde vor. Hannahs Zeitplan würde nicht in ein Durcheinander geraten, wenn er ihr von dem erzählte, was er getan hatte.

Sie drehte die Zahnpastatube sorgfältig für ihn zu, obwohl es zwecklos war, nicht zu lose, nicht zu fest. In den letzten Tagen hatte sie sich mehrmals gefragt, ob sie nur noch zusammen waren, also noch. Die nicht mehr funktionierende Glühlampe in der Lampe über dem Spiegel wechselte sie aus, weil er es nicht tat. Sie dachte daran, wie ihr Körper nur einen schwindend kleinen Teil des Hausvolumens füllte, sie erzählte es später. Hoffnungen stellten sich noch nicht als Hoffnungen heraus, sie exponierten sich als Gedanken. Sie dachte, die Art der Wohnung bestimme die Weise des Wohnens. In großen Vorstadthäusern ist Platz für große Gefühle. Kleine Wohnungen beherbergen nach Kohl riechend kleinliches Verhalten, ein ganz und gar bestimmtes Verhalten. In ihrem Haus wollte sie Liebe nicht nur als Wort zwischen ihm und ihr dulden. Die Diele war ein geräumiger Raum, Hannahs Blick schien nach oben in eine Kühle vorzudringen.

Sie legte die Frühstücksbretter parallel zu den roten und weißen Vierecken der Tischdecke, für ihn. Die Eierbecher standen in roten Quadraten. Alles was sie für ihn tat, wollte sie auch für sie tun. Auch dann, wenn oder: auch wenn sie keine Erfolge ihrer Bemühungen sah, wagte sie nicht zu zweifeln; über die Oberflächen des Tees in den Tassen zog geräuschloser Nebel, den ein Luftzug vertrieb, als er die Tür zuzog. Wie ein Gast im Restaurant stand er, wie wartend, dass ihm ein Platz zugewiesen würde, stand er auf der Diagonalen, die durch zwei Tischecken führte. Die Linie durchtrennte ihr Schweigen, während der Wasserschleier von den heißen Eiern verdampfte. Das Fensterkreuz lastete in der Morgensonne als ewig farbloser Schatten auch auf ihnen. Er hatte die Sonne nicht gesehen, Hannah wies ihn darauf hin, dass das Wetter sich zu ändern schien. In vielen Sprachen sei die Sonne männlichen Geschlechts, es sei jedoch stets die gleiche Sonne...

Er sah zum Fenster hinaus und es fiel ihm ein, dass der Horizont nicht zu sehen war, Bäume versperrten die Sicht. In ihrer Stadtwohnung hatten die dicht beieinander stehenden Häuser den Blick beengt. Der Horizont existierte für sie nur als eine gedachte Linie. Sie wollte ihre Liebe zeitlos. Er sah keine Zukunft, zumindest in der Gegenwart. Er sagte nicht, das Ei sei zu weich gekocht. Seine Erschöpfung verhinderte diesen Satz, ihre Beziehung ertrug diese Belastung nicht mehr. Sie aßen dann, um satt zu werden. Mit dem Löffel rührte er noch in dem Tee, als sich der Zucker schon aufgelöst hatte, ohne dass sich die Spannung aus seinem Gesicht löste. Es schien ihm gleichgültig zu sein, was er aß. Sie wolle nach dem Seminar noch in der Bibliothek arbeiten und erst am Abend ins Dorf zurückkehren. Obwohl er noch immer langsam in der Teetasse rührte, wirkte sie ruhig. Er hatte sein Essen beendet und schien nur noch am Tisch zu sitzen, um mit dem Löffel eine Spiegelung auf der Oberfläche des braunen Tees zu verhindern. Sein Blick versank in der Tasse. Kurz dachte sie, ihn jetzt besser nicht allein zu lassen. Er zerstörte ihre Befürchtungen, als er sagte, er wolle Schulthoff besuchen gehen. Auf dem Fensterbrett standen in einem alten Einmachglas gelbe Rosen, die sie aus der Stadt mitgebracht hatte. Die Blütenköpfe hingen herunter wie ein Grabschmuck einige Tage nach einer Bestattung, die alltäglichen Angehörigen gingen bereits wieder ihren beliebigen Beschäftigungen nach, die Bestattungskosten waren noch nicht beglichen, eifrige Regenwürmer durchbohrten frisch aufgeschüttet riechende Erde, Eichenholz widerstand hartnäckiger Nässe, eine respektlose Amsel hüpfte über krümeliges Schwarz.

Der Tee in der Tasse entlieh sich ein Geräusch des Plätscherns von gleichmäßig behäbigen Wellen im Meer. Metallener Löffel klimperte über bereitwilliges Porzellan, gealterte Kiesel rollten den Strand hinauf und, widerstrebend, mit ablaufender Welle wieder zurück. Hannah wollte einen abgeflachten Stein zur Musik der Wellen auf dem Wasser tanzen lassen, er platschte wie rücksichtslos durch die Oberfläche, dem brüderlich grünen Grund entgegen. Ein zweiter Stein sprang wie übermütig über glitzernde Lichtflecken, der Sonne entgegen, aus ihrem Blickfeld hinaus. Sie hielten sich an den Händen, um nicht zu schnell zu laufen, am Wasser entlang, ihre Spuren im Sand bezeugten ihre

Verbundenheit. Gierige Wellen griffen nach ihren Leben, sie widerstanden lachend und liefen kräftig. Nasse Zungen leckten an ihren Füßen, sie lachten, lachten, lebten nur in dieser Wirklichkeit, in dieser einen Wirklichkeit, sein Leben bestand noch nicht nur aus den spärlichen Gedanken, jetzt war jetzt, Gedanken so durchsichtig wie die klare Luft, er war stolz auf seine rieselnden Fußabdrücke im Sand. Kein Gefühl einer Schuld war in ihm. Sie formten sich eine Welt, laufend, Schritt für Schritt, kamen ihrem sehnsüchtigen Ziel näher, nahe. Kein Stein, über den sie blinzelnd stolpern konnten, ein schlechter Grund zu fallen, er riss sie mit, sie lachten, keuchten, lagen länger, keuchten noch, mehr, keuchten auch immer mehr, das Meer deckte sie mit einem Rauschen zu. Der Wind streichelte ihre Körper zart, er tastete sich um Rundungen vor zu Höhlungen, die er ausfüllte, um sich zu wärmen, es blitzte auf Härchen und blinkte in Tropfen, er, die warme Sonne, strahlte auch aus den Augen, feuchter Körperglanz und Silber des Meeres, das irgendwo überging, einfloss in das Blau des Himmels, das Blau ihrer Augen. Sie schwebten auf Wellen, die sie fort zu sich trugen, der Wind trieb sie auf einander zu. Als sie so zusammen waren, kamen sie sich näher als oftmals. Das Rauschen wurde lauter, ein Dröhnen, bis sie nichts mehr hörten, nichts mehr hörten als das pochende Blut in den Ohren, wenn sie es gehört hätten. Eine mächtige Welle ergriff sie zu gleicher Zeit, riss sie fort, mit sich in einen gewaltigen Strudel, zog sie lange lange in eine große Tiefe, aus der sie erst wieder auftauchten, als sie sich wie tot fühlten. Jetzt lebten sie, da sie nicht an das Leben dachten. Er streichelte zart auf ihrer Haut, dankbar wie sie, beide Subjekt ohne Objekt, der Wind strich noch um sie, strich noch ein Tuch glatt um sie, bis sie einschliefen als ein, ein Abdruck im Sand. Über die Länge der traumlosen Zeit konnten sie nichts sagen, als sie erwachten, als sie wieder bewusst im Leben lagen, war es nötig, sich mit kühlen Fingern zu wärmen, als ein (wieder ein) schwarzer Scherenschnitt waren sie vor das letzte Blau gestellt. Dann wurde ein Zinnober, Karmin, Weinrot vorgezogen, jeweils passend zu der nur scheinenden Scheibe, die so glaubhaft und fest wirkte und nur Optimismus verbreitete. An diesem Abend, auch ein dünn hoffnungsvolles Apfelgrün war in der Luft, in schlierigen Schleiern, gab es kaum noch Möglichkeiten, sie wollten nicht mehr viel. Nur noch leben, oder: sterben. Vor ihnen war immer etwas anderes und immer das Gleiche, endlich umfing sie eine blaue Schwärze.

Abrupt stieß Hannah den Stuhl nach hinten, von sich weg, konnte ihn vor seinem endgültigen Umkippen noch auffangen, an der oberen Lehne. Wie ein Buch öffnete sie die Tür zur Diele, er hörte sie, wie suchend ging sie, als wolle sie sich anderswo einfinden. Als wollte sie hinter seinen Blicken einen Raum und eine Zeit einrichten, wie es ihr gefiel. Ihre Aktivität ließ ihn sich noch schärfer: einschneidend spüren. In sich fühlte er die Schuld, so zu sein, wie er war. Er hörte Hannah durch die unendlich klingende Diele laufen und wusste nicht warum, warum sie immer lief.

Hinter dem Küchenfenster, vor der Küche sah er die noch winterlich kahle Eiche und fragte sich, wie, wenn auf einmal alle Blätter mitten im Sommer grün abfallen würden. Oder das zweihunderttausendfache Grün der Birke. Hannah telefonierte, ohne dass er hören konnte, mit wem sie sprach. Die Blätter würden nur anfangs einen weichen Bodenbelag bilden, bald würden sie trocken und zerbrechlich werden, zu Staub zerrieben und zerfallen. Wenn er jetzt in Hannahs Nähe ginge, würde sie wieder noch leiser sprechen oder den Hörer auflegen. Sie kam zurück in die Küche, lächelnd, er hätte sich provoziert gefühlt, zu einer Äußerung, wenn ihm jetzt ihr Gesichtsausdruck nicht gleichgültig gewesen wäre. Ihr Verhalten forderte immer weniger Reaktionen von ihm, ohne dass sie sich beschwert hätten. Sie fühlte sich nur erleichtert, wenn ihr Morgengruß von ihm beantwortet wurde, doch jetzt begrüßten sie sich nicht. Sie fragte, um etwas zu sagen, ob sie ihn bis zum Gasthaus mitnehmen solle, wenn sie in die Stadt fahren würde. Er konnte sich nicht vorstellen, noch irgendwann etwas zu essen und sagte nur deshalb ja, weil er dachte, es sei noch eine lange, lange, kurze Zeit, bis sie zu ihrer Arbeit führe. Es könnte noch so viel geschehen, es würde nichts geschehen, er hatte auch ein Recht, seine Absichten zu ändern.

Es war seine Schuld, wenn sich nichts änderte. Er wusste jetzt noch nicht, was sich als nächstes ereignen könnte, das sollte ihm ein Trost sein. Er fühlte sich zusammenfallen, wie ein Luftballon, langsam entwich alles aus ihm, die Außenhaut würde bald schrumpeln, die welken Boskopäpfel seiner Großmutter zu Weihnachten, immer zu Weihnachten, bis sie gestorben war ohne einen Laut, diese gelbgrauen Äpfel mit den Gesichtern altbäuerlicher Frauen, weich, welk, fahl, die Außenhaut des halbvollen Luftballons hatte sich kühl angefühlt, das Innen war von undeutlich quietschender Feuchtigkeit. Seine Großmutter, die zu Weihnachten auch immer Pakete nach drüben schickte, wohin nach drüben, diese historisch übertriebene Angabe, andere Care-Pakete kannte er nicht mehr, sie, die dafür Gerechtigkeit erwartete, und unklare Ideale schmutziggrau aufrecht hielt. Überheblichkeit wurde auch in Unterwürfigkeit umgewandelt, Weihnachten wurde jedes Jahr neu, gleich entworfen, als er von einem Gänsebein aß, dachte er, ein menschliches Gelenk, wie würde es schmecken, ähnlich, in den Anden hatte die Verzerrung stattgefunden oder auch in Kampala, wo nicht, gleich nach dem Absturz hatte noch niemand gedacht, dass die unglücklichen Überlebenden des Unglücks die friedlichen Toten würden essen können. Er staunte, zu welchen Verrenkungen er fähig war in seiner Kälte, in jener Gletscherkälte war Leben zu bizarren Formen erstarrt. Eiszapfen drangen in zackiges Weiß, wann war der Punkt, an dem die Katze sich entschließt, nicht mehr zu lauern, sondern zu springen, welche Schranken galt es zu überwinden, gleißendes Weiß, blendend in müden Augen, die sich nach innen richten, nichts mehr sehen können, wollen.

Schreiendes Weiß zerbarst in fließende Farben, ultramarin mischte sich mit violett, lila gab es in der deutschen Sprache erst seit dem achtzehnten Jahrhundert, vorher nur als Farbe, Blutrot überschwemmte nebensächliches Gelb, zerschmolz in einen neuen Teil der Wirklichkeit.

Ein Gedanke war, dass Hannah jetzt losfahren musste, verführerisch die Aussicht für ihn, mit sich allein zu bleiben. Der Gedanke führte zu einer bedenkenlosen Angst. Er würde etwas tun können, von dem sie nichts wusste, sie verabschiedeten sich wie für lange, sie zumindest, als sei eine Furcht in ihr. Als er mit ihr zum Wagen ging, dachte er daran, sich die Hände zu waschen. Er hörte den Motor schnurren, schon jetzt wie eine Eisenbahn in einer Ferne, die das gedachte ferne Summen entstehen lässt. Ein schwindend blasses Blau winkte ihm, als er die Autospuren in der feuchten Erde sah, dachte er sie mit einer Harke und Sand bedecken zu müssen. Er ging zum Haus zurück, als habe er einen Besuch auf einen Weg gebracht, den Blick am Boden, einen verirrten Kieselstein schoss er nicht mit dem Fuß vom Weg. Die Pappeln stemmten sich ohne Anstrengung gegen den Wind, sie spielten nur vorübergehend mit ihrer Form. Er öffnete die Tür, sie schwang auf wie die Erinnerung an etwas noch nicht Gewesenes, er trat über die Schwelle, aber glaubte nicht, sie könnte symbolisch gemeint sein. Hier im Haus vertraute er auf das Bekannte, er bewegte sich fast unbefangen, wusste jedoch nicht wohin. Was er tat war sinnlos. Erst als er durch die verschwommen nasse Scheibe zurück nach außen sah, wie auf ein getupftes Bild, van Gogh fiel ihm ein, sah er wieder sich in sich, für einen Augenblick ohne Zeit. Er musste Vertrauen in sich setzen. Als er die Tür öffnete, dachte er, dass er die Tür öffnete, leise hörte er sich denken. Zähflüssige Müdigkeit zog wieder an ihm, in seinen Gedanken, sein schlaffer Körper schleppte sich zu einem Stuhl. Seine Hand stützte den Kopf, der Schlaf, den er in der Nacht nicht fand, suchte sich jetzt in seinem Körper einzunisten, ihn heraus zu schälen aus einer Einsamkeit, die längst das Alleinsein verdrängt hatte.

Ein Schatten floh über die Netzhaut hinter den geschlossenen Lidern und drang als unbarmherziges Klopfen in sein Bewusstsein. Da er nicht wusste, ob er durch das Fenster gesehen worden war, ging er, ging er die Tür öffnen. Die plötzliche Helligkeit wurde von der geschlossenen Wolkendecke nur unzureichend verhindert. Das flutende Licht stürzte gierig in die Diele, verengte seine Pupillen in einem Schrecken, sodass er die Augen zusammenkniff, als betrachtete er den Besucher mit Argwohn. Die Wolkendecke verschob sich, klaffte auseinander. Er dachte, so wird ein Leichentuch im kühlen Kellerraum vom Gesicht des Mordopfers gezogen. Verständnisvoll zwinkerndes Neonlicht sollte die Identifizierung des oder der Toten erleichtern, wenn nicht sogar ermöglichen. Der dankbare Gesichtsausdruck deutete auf einen schönen, plötzlichen Tod hin.

Ein durch nichts aufgeschreckter Vogel durchbrach seine Gedanken, er sagte Amsel, als die Postbotin ihn unschuldig fragte, ob er Hannahs Mann sei. Sie drehte sich um, im Weggehen blickte sie noch mit gepressten Lippen kurz zurück, er sah einige Briefe und eine Zeitung gelassen in seiner Hand, lief der Frau hinterher, fragte, ob alles in Ordnung sei und ob er sie jeden Tag um die gleiche Zeit erwarten könne. Sie schien verwirrt, ihr Kind sei krank geworden, nichts Schlimmes, eine allgemeine Mattigkeit. Er sah ein verschwenderisch hochgezogenes Jochbein in ihrem Modiglianigesicht, sie fuhr schnell weiter auf ihrem Fahrrad. Während sie mit der Nachbarin sprach, drehte sie ihren Kopf flackernd hin und her, nicht als ob sie ihn schüttelte, sondern als ob sie das hinter sich Gelassene so wie das vor ihr Liegende in den Augen behalten wollte. Sie hatte sich ihm bereitwillig geöffnet, um einen Teil ihres Lebens in beliebigen Sätzen weiter zu geben. Er dachte auch, sie müsste sich nach dem Gespräch mit der Nachbarin verändert haben und am nächsten Tag als ein anderer Mensch erscheinen. Zugleich schwelte in ihm die hoffnungslose Angst, er könne sich nur noch als eine Konstante in einer bewegungslosen Umwelt erleben, er wäre im Leben schon tot.

Nachdem er die Konfrontation mit der Postbotin nicht vermieden hatte, glaubte er sich aber auch besser zu fühlen, wagte den Komparativ jedoch nicht als Steigerung zu verstehen. Um den beiden Frauen einen Anlass zu Vermutungen zu geben, bemühte er sich, unauffällig und nebensächlich in das Haus zurück zu gehen. Er hielt es für angebracht, sich zu bücken, als sei ihm etwas herunter gefallen. Die letzten Schritte vor der Tür wurden zu einer Anstrengung, er zwang sich, angemessen langsam zu gehen, obwohl er lieber gelaufen wäre. Schließlich sprang er mit einem alles vergessenden Satz auf die Tür zu, wobei er hoffte, sie würden sich vorstellen, er habe das Telefon klingeln gehört.

Die Tür verschließend versuchte er, die Postbotin und die Nachbarin zu vergessen. Vergrub sich in einem Sessel. In der Zeitung wollte er lesen, obwohl er eher wünschte als ahnte, dass ihn die Berichte nicht betrafen. Er war sich nicht klar. In jedem Fall sollte ihn das Geschriebene nicht betroffen machen. Nachdem er zweimal umgeblättert hatte, merkte er, dass er nicht wusste, was er gelesen hatte. Die Überschriften hatte er nur kurz aufgelesen, um sie gleich wieder fallen zu lassen, aus seinem Kopfleben zu entlassen in Bereiche, die ihn nicht gefährden konnten. Er bemühte sich um selektive Wahrnehmung, obwohl er wusste, er konnte sich nicht aus dem Weg gehen. Ein Gedanke an Hannah würde ihm nicht schaden, sie würde das schwankende Gleichgewicht in seiner Quarantäne nicht umkippen lassen. Sie hatte einen beruhigenden, anregenden Einfluss in seinem Werdegang. Er faltete die Zeitung zusammen, halbierte sie, viertelte sie und achtelte sie, er wollte auch die Ereignisse handlicher machen, die Geschichte in ihren Einzelheiten übersichtlicher. Sein Vater hatte die Zeitungen nach dem Lesen auch immer dreimal gefaltet, sich als Linkshänder damit auf das rechte Knie geschlagen und ein beschließendes Ja gesagt, um so den kleinen Wahrheitsgehalt des Gelesenen zu bestätigen. Er wollte jetzt nicht an seinen Vater denken, auch nicht an seine Mutter, die ganze Seiten in der Zeitung nicht las, nur Augen hatte für das Schöne, wie sie es nannte. Er wollte jetzt nicht an diese schwammige Begriffswelt denken, auch weil ihm in ihr zu viel unbegreiflich blieb.

Er konnte sich nicht denken, etwas tun zu können. Abrupt, wie verärgert, stieß er sich mit beiden Armen aus dem Sessel. Offenbar war es hilflos, dass er sein Denken in vollständige Sätze ordnete, solange sein Denken unvollständig blieb. In seinem Kopf veränderte sich die Wirklichkeit zu selbstständigen, von ihm losgelösten Geschehnissen, die Beziehung von gestern und heute, sie und er. Viel blieb in einem Dunkel.

Er ging in die Küche, um sich einen Tee zu brühen. Die Katze lief über seinen Weg. Es war verwunderlich, dass er sie fast lieb hatte. Er stellte ihr eine Schale mit Milch in die Diele und sah zu, wie sie schleckte. Dieses Wort hatte er früher über viele Gedanken hinweg gehasst. Auf einem Küchenstuhl sah er sich sitzen, den Kopf in beide Hände gestützt. Um rechtzeitig zur Deichwache mit dem Teetrinken fertig zu sein, musste er sich beeilen, doch wusste er auch, wie eng Tee und Ruhe korrelierten, also nahm er sich eine genügende Zeit. Die Teekanne, die er anfangs als schön bezeichnet hatte, hätte er zu anderen Zeiten auch geringschätzen können. Mit dem Tee durchströmte ihn die Beruhigung, er würde die Deichwache überstehen, es überkam ihn ein patriarchalisches Gefühl. Er würde seinen Mann stehen. Hannah in ihrem Anspruch auf Liebe, in ihrer Totalität, sie würde ihn jetzt kaum schrecken können. Der Tee flößte ihm eine vergängliche Ruhe ein, sodass er schon eine Angst vor einer neuen Beunruhigung in sich spürte.

Oftmals war es ihm eine schleichende Befriedigung gewesen, als warmes Ziehen in der Magengegend, nachts durch eine Stadt zu huschen oder durch einen Wald zu fahren. Er ging aus dem Haus, sah um sich, ohne einen Menschen zu erblicken, kehrte nach einigen

Schritten wieder zurück, prüfte, ob er die Haustür verschlossen hatte. Dann dachte er kurz, er sei eins mit der Welt in dieser Finsternis, er sei nur ein Teil eines Ganzen, bis ihn zielstrebige Nachtwandler aus seiner Traumwirklichkeit stießen, hinaus in eine allgemeinere Wirklichkeit, wo er sich jeden Schritt überlegen musste. Er achtete, wie er seine Füße setzte, so, dass er mehrmals stolperte. Der kurze Weg zum Zigarettenautomaten wurde zu einer Strapaze. Noch bevor er eine Zigarette anzündete, dachte er, er würde sich gleich eine Zigarette anzünden, dann rauchen, schließlich die Zigarette sorgsam ausdrücken. Er erwartete und beobachtete dann die unmenschliche Kraft, mit der das Auge den Blick aus der Ferne in die Nähe richtete und sah die Tasse halbvoll mit Tee. Gleichzeitig die jählings überschwappende Gewissheit, sein Überleben sei alles, könne nicht alles sein. Es bedrückte ihn, in der Küche zu sitzen und Tee zu trinken, es erschien ihm gänzlich überflüssig.

Ein kleiner roter Lieferwagen ohne Aufschrift hielt vor dem Grundstück der Nachbarin. Der Beifahrer stieg aus, ohne etwas zu dem Fahrer zu sagen. Der Beifahrer wollte die Tür schließen und bescheinigte seinem Handeln eine Endgültigkeit, indem er vor dem Geräusch des Zuschlagens den Absperrknopf am Fenster hinunter drückte. Der Beifahrer verschwand unsichtbar, der Wagen fuhr weiter.

Keine ungewohnten Geräusche waren zu hören, niemand zu sehen. Er sah auch nichts. In dieser leeren Szenerie beschlich ihn eine Erinnerung an das Gefühl seiner Liebe zu Hannah, kurz, wie ein Streichholz in einer dunklen Nacht aufflammt. Gern wäre er gelaufen, doch es war unvorstellbar, er ging, wobei er sich bemühte, die Beine automatischen Bewegungen zu überlassen. Er hatte geträumt, mit einem Auto zu fahren und vor sich eine Polizeikontrolle zu sehen, er war abgebogen, hatte jedoch am Ende der Straße wieder eine Sperre erblickt, eine Attrappe, wie sich später herausstellte, er wusste, dass seine Unschuld ihn verdächtig machte, schnell entschlossen mietete er in einer Privatpension ein Zimmer, die Vermieterin verdächtigte ihn mit ihren Augen, nach einigen Stunden zahlte er für zwei Tage, um endlich zu gehen, nur weg von ihr, machte sich in ihren Augen noch verdächtiger, sie sah ihn höhnisch oder verächtlich an. Er lief so lange, bis nichts mehr in ihm war, nur noch eine Gefühllosigkeit. Ganz hohl fühlte er sich.

Die Tür zum Gasthaus war verschlossen. Er würde klingeln müssen. Er klingelte, sogleich wurde im ersten Stockwerk ein Fenster geöffnet. Die Gastwirtstochter sah mit gelangweilten Augen auf ihn hinunter. Er wusste nichts zu sagen, weil sie wissen musste, was er wollte. Nach einer Zeit, die so lang wurde, dass es ihm unangenehm war, schloss sie das Fenster. Sein erster Gedanke war, sie würde herunterkommen, um ihm zu öffnen. Gähnend hielt sie die Tür auf, er fühlte sich wie geschlagen und musste sich setzen. Sein Körper hing herunter, er fühlte sich auf dem Fußboden zerfließen. Er glaubte sich mit den Dielenbrettern einig, mehr als mit einem Menschen. Undeutlich wusste er, etwas sagen oder tun zu müssen. Die Wirtstochter stand schräg an seinen Tisch gelehnt, die Faust hatte sie erpresserisch aufgestützt, der Daumennagel kratzte suchend in einer geheimnisvollen Ritze.

Während er tief einatmete, dachte er, Bedrohungen gingen für ihn jetzt von kleinlichen Alltäglichkeiten aus, während wichtige Dinge stetig unwichtiger wurden, so allein war er. Er hatte es nicht geschafft, sich von seinem Gestern zu lösen. Das Mädchen nahm ihn mit der Frage in

Anspruch, ob sie am Abend zu dem Fest kommen würden. Er dachte gleich sie, er und Hannah. Er wolle zu dem Fest kommen. Um einem Gespräch auszuweichen, bestellte er eine Tasse Kaffee und wunderte sich über seinen Verlegenheitssatz, noch bevor er ihn beendet hatte. Gern hätte er den Regenumhang vom lockenden Haken genommen und wäre leise hinaus gelaufen. Am Nebentisch setzten sich zwei alte Frauen. Eine schwieg, die andere redete, dann soll er lieber sagen, er hat mich gern, aber das kann er nicht und dann schreit er mich an. Viel zu schnell kam das Mädchen zurück, er bezahlte gleich den Kaffee. Er rührte ihn nicht an, um ihn zu trinken, nur langsam führte er den Löffel in einer Acht über den Boden der Tasse. Er hielt es dann für günstig, sich den Anschein zu geben, er habe es eilig. So plötzlich stand er auf, dass das Mädchen erschrak und die alten Frauen ihn ansahen. Nachdem er die Tür geschlossen hatte, spürte er mehr Erleichterung als nach dem Fertigstellen seiner Dissertation. Ganz sinnlos war ihm die Zeit in dem Gasthaus gewesen. Wie getrieben, gehetzt lief er zum Deich, seine Aufmerksamkeit für das Äußere war gering, so dass er nicht beschreiben konnte, was er auf dem Weg zum Fluss gesehen hatte. Wie hingestellt stand er auf dem Deich. Die Form eines weißen Hauses jagte ihm einen Schrecken ein, es bestand aus einem Mittelteil mit der Eingangstür und zwei Nebenflügeln. Das Grau der Erde veränderte sich in verlässlicher Ferne in weites, weiches Blau. Wolken schoben sich in einander und verschmolzen zu flockigen Flüchtigkeiten. Sie waren für ihn hier wie anderswo so typisch wie nichtssagend. Nach langer Abwesenheit aus dieser Landschaft, nach seiner Zeit in Südamerika, hatten ihn die rundlich quellenden, formlosen Formen hingetragen über eine Weite zu ruhigen Gebieten, in ihn war eine Ruhe ohne Angst gekehrt.

Das Wasser strömte als kreiselndes Fließen um ihn herum und an ihm vorbei, das Gesehene war eine Tautologie. Nur noch das unerhörte Rauschen des Windes war in seinen Ohren, für kurze Zeit störten ihn keine Gedanken. Obwohl er nicht mehr unruhig gewesen war, wurde er immer ruhiger. Noch wagte er nicht zu hoffen, ein neuer Zeitabschnitt könnte beginnen. Ohne dass es ihn ängstigte, fügte sich zum Rauschen des Windes das Schlürfen und Schmatzen eines Wasserstrudels. Einige Grashalme drehten sich trotzig für ihn vor ihm, bevor sie sich mitreißen ließen. Die Zukunft war unbekannt, er wähnte Blochs Hoffnung als rettendes Ufer. Auch Wolfgang klammerte sich an das gleiche Prinzip. Von Karl hatte er lange Zeit keine Post aus Südamerika bekommen, nicht einmal zu seinem Geburtstag. Er versuchte, sich Sorgen zu machen. Fähnchen markierten noch die Stellen, an denen Wasser durch den Deich gedrungen war.

Es gab keine furchenden Erlebnisse mehr für ihn, alles war schon wie schon geschehen. Der Gedanke zitterte in ihm, eine Entscheidung könnte nahen. Er wusste nicht, was sich ereignen könnte. In einer ausländischen Zeitung könnte er wohltuend lesen, ohne dass er die fremde Sprache verstünde. Wichtige Geschehnisse würden ihn nicht mehr berühren. Nachrichten konnten ihn nicht erreichen. Er würde es den Dorfbewohnern verschweigen, wenn der Fluss jetzt stehenbliebe, sterbend. Die Fähigkeit, entscheiden zu können zwischen zwei Möglichkeiten, redete er sich ein, um weiter gehen zu können. Das Wasser hatte den Stand vom Vortag gehalten, er glaubte, der Deich würde standhalten.

Seine Beobachtungen trug er sorgfältig in einem Buch ein. Schulthoff hatte sich schon über diese unbegründete Gründlichkeit gewundert. Auf der Straße zum Dorf hin fuhr ein rotes Auto, das ihm bekannt vorkam. Fleckiges Licht stahl sich durch ein Loch in den Wolken, schoss hervor, tastete fliehend flehend über das Land, verharrte auf einem bröckligen Acker, färbte ihn in ein schnelles Braun. Pfeile hingen hellschräg im Himmel. Früher hatte er es anders gesehen. Früher. Er war er jedes Jahr in kurzen Augenblicken zerschmolzen in einer milden Wärme, in einem Schaudern, nur in kurzen Augenblicken, in denen er jeweils erstmals ein Grün zu sehen glaubte. Am Tag, als sein Urgroßvater geboren wurde, hatte Kafka an die Möglichkeit eines Sprunges aus dem Fenster gedacht. Er wollte nicht an seinen Vater denken, nicht an seine Mutter, nein. Die Wolken ließen keine Geheimnisse mehr durchsickern, hinter dem Gewölk verbarg sich eine Wirklichkeit. Das schroffe Grau stieß ihn zurück in zäh tropfende Zeitabschnitte. Es war keine Kraft in ihm, um die Zeit an den Rändern umzubiegen, einzudringen in leichte Räume.

Das Dorf schien erkaltet in seinen fernen Farben. Erstarrt zu einem freudlosen Spielzeug. Er wusste nicht, wie lange es dauern würde, bis Gras die Wege überwuchert hätte, bis Wurzeln die morschen Mauern zerbröckeln ließen, bis alles Eisen verrostet sei, die festen Materialien in elementare Bestandteile zerlegt, keine Idee mehr durch schwere Köpfe zog, kein widerspenstiger Gedanke mehr an die früheren Bewohner verschwendet würde. Aus einem Schornstein kräuselte müde Rauch, wie lange noch, vom Wind würde er zerrieben in das gleiche Grau des Himmels. Hannah hatte gesagt, nur die armen Einheimischen und die zugezogenen Städter, die das einfache Leben liebten, heizten noch nicht mit Öl. Auch nicht mit Biogas oder elektrisch. Seit kurzem gäbe es sogar Fernwärme im Dorf dank der Investition eines einzelnen Bauern.

Graubraunes Gras war nur noch als erinnerte Struktur dicht an den Boden gepresst. Der Schnee hatte drückend ein trostloses Sgraffito hinterlassen. Es war nichts, es war nichts, beruhigte er sich, es hatte schon immer so ausgesehen. Ein Schuh stak quatschend in der nassen Erde. Fern auf dem Deich war eine menschliche Gestalt zu sehen. Die Luftfeuchtigkeit ballte sich zu feinen Tropfen, es begann sanft zu regnen. Mehr und mehr Wasserperlen bedeckten sein Gesicht, schließlich überzog ein nasser Glanz seine Haut. Letzte hartnäckig aufrecht stehende Gräser bogen schon ihre oberen Enden zu den unteren hin, viele Schlingen belegten den löchrigen Boden. Schulthoff war nur noch wenige Schritte entfernt. Die Zeit war nahe, in der einer der Beiden ein erstes Wort zu dem Anderen sagen würde.

Ihm fiel ein, wie die Alte in der Gaststätte gesagt hatte, … „und sind auch alt geworden", als sei das Altwerden eine besondere Leistung. Schulthoff drückte ihm fest die Hand, warm. So wie meine Mutter es gemacht hat, sagte Schulthoff, so mache ich es auch, Bewegung ist alles. Bis zuletzt ist sie täglich spazieren gegangen, noch an ihrem Todestag sollte ich sie nach draußen begleiten, „ach sag´ ich zu ihr, es ist so schlechtes Wetter. Vielleicht ist sie deshalb gestorben." Schulthoffs Dialekt passte nicht in die Gegend am Deich. Es wurde unmöglich, ihm zuzuhören, wie er im Präsens von der Vergangenheit sprach. Sie gingen in entgegengesetzte Richtungen, von einander weg.

Bis zur Beobachtungshütte dachte er an Schulthoffs gelassene Worte. An die Wand stand geschrieben, da ist irgendwas, was nicht geht. Die

Hütte war ein Haus, sie wurde Hütte genannt, weil sie schon älter war als jeder Dorfbewohner.

Schulthoff hatte ihm eine lange Geschichte aus der Geschichte der Hütte erzählt. Er hatte nicht alles erzählt, um ihm Möglichkeiten offen zu lassen, sich wegzudenken aus der Geschichte. In das Beobachtungsbuch hatte jemand unleserlich hineingekritzelt. Die Deichwache wurde zu einer Belastung. Während er das schwarzrote Buch langsam schloss, sah er schon durch das Fenster auf den Fluss.

Kein Himmel war zu sehen, der sich schützend über eine furchtsame Erde wölbte. Nur graue Flecken klebten aneinander, schmutziggraue, belanglose Knäuel, die nichts verhießen und nichts versprachen. Das Wetter war ihm gleichgültig. Sein Zustand hing nicht von diesen gewollt ungewollten Tatsachen ab. Auffällig, dass er seit langem nicht mehr an sich und Hannah gedacht hatte, nicht einmal an Hannah. Er wünschte sich eine Zeit, in der er ein schlechtes Gewissen bekommen konnte. Er spürte nichts.

Er dachte, er müsste aufstehen, die Tür öffnen, hinaus gehen, die Tür schließen, auf dem Deich weiter gehen, er blieb sitzen. Den Kopf ließ er auf die Arme sinken, die auf dem Fensterbrett gekreuzt lagen. Im Rücken fühlte er ein Ziehen bis in den Kopf hinauf, er tat ihm jedoch nicht so weh, dass es ein Schmerz wurde. Gern hätte er sich ein Bein gebrochen, um sich einen konkret gefühlten, denkbaren Schmerz vorzuweisen.

Auf einem Bahnhofsschild hatte er schwarz auf weiß STADT DER VIELEN MÖGLICHKEITEN gelesen. Es war ihm wie die Verhöhnung seines Lebens gewesen. Hannah hatte ihm noch niemals einen Vorwurf gemacht. Er stand auf und ging langsam hinaus. Das Innere der Beobachtungshütte war ihm schon vertraut geworden, er hatte sich schon fast vertraut, nun empfing ihn etwas Neues, fordernd. Die windige Luft umhüllte ihn wie begierig. Er kam sich sehr fremd vor, ungläubig horchte er in sich hinein. Schon oft hatte er sich ein lautlos langes Ja sagen gehört. Wieder ertappte er sich dabei, wie er sich vorsagte, welchen Fuß er beim Gehen jeweils zu setzen hatte. Er musste sich zwingen. Während er auf dem Deich entlang ging, dachte er nur herum zu gehen, dem Kreislauf nicht mehr entgehen zu können. Er hielt es für schlimm, jetzt nicht in einer Zeitung zu lesen von einer unnötigen Hungersnot in Indien, von religiös begründetem Terror, von der vergessenen Dürre im Sahel, der jetzt selbst schon Wüste war. Das Gefühl einer Schuld kam in ihn. Als er sich über die Wange strich, fühlte er dunkel erbärmliche Bartstoppeln. Offensichtlich hatte er morgens vergessen, sich zu rasieren.

Auf einem Feld standen vom letzten Jahr geduldete Stümpfe der Getreidehalme wie Überbleibsel aus einem Krieg. Stummel eines Lebens. Nachsichtig dachte er daran, wie seine Schwester mit einer Katze auf der Wiese gelegen hatte. Die Katze hatte im Sonnenlicht geblinzelt, keine Trauer war dann in ihm. Die Vergangenheit bestand aus ihm unverständlichen Sätzen. Allende war nicht gestorben, sondern tot. Und auch Osama bin Laden. Oder: non solo, sed etiam. Hannah hatte vier einfarbige Hemden gekauft. Auf einem Bogen Papier, weiß, war eine Ente wie eine 2 umhergeschwommen, eine 2 wie eine Ente. Ein Mann ohne Beine hatte sich auf einem Brett mit Rädern durch La Paz gerollt. Er dachte es sich als undenkbare Verstümmelung, unbegreifliche ferne Wirklichkeit. Die unvorstellbaren Verkrüppelungen eines Jahres.

Gut in Erinnerung waren ihm hingegen noch die Getreidegarben, zu Wigwams zusammengestellt auf kitzelnden Stoppelfeldern. Goldene Zeichen, auffordernd, nun macht was daraus. Ein Gedanke an den Geruch nasser Erde füllte ihn, als er einatmete. Drei alte Männer standen am Geländer einer kleinen Brücke und sahen lange in den nebensächlichen Fluss, der nur schwarz und weiß schien im blendenden Licht. Eine sprachlose Gerusia, ratlos auch.

Ein jähes Erschrecken durchzuckte ihn, als er den vergeblichen Verlauf der Falten im Gesicht eines Alten erkannte. Eine blau geflickte blaue Jacke schlotterte um die hageren Schultern. Ein Schwarm Tauben kreiste über einem Hausdach ein, dann saßen die Tiere auf dem First des einsamen Hauses, als gehörten sie dorthin. Ein plötzliches Bedürfnis war in ihm, den alten armen Mann zu umarmen. Die Gleichzeitigkeit, in der sich die Vögel vom Dach abhoben, war ihm unwichtig.

Hannah hatte gesagt, was wir für uns tun ist alles…, den Rest des Satzes hatte er überhört. Was wir uns antun. Er hatte die Reflexivität reflektiert, während sie ihn ohne Bedauern dauernd angesehen hatte, auch verstummt. Früher hatte sie ihre Identität nur aus ihm bezogen, jetzt war er nur noch ein Nichts. Er wusste es seit langem. Niemand, von ihnen, erkannte und beobachtete die gefährliche Vergrößerung eines Gedankens zu einer Frage in ihren Leben. Auch ohne dass er sein Leben infrage stellte, fühlte er es überfordert, so wie er sich überfordert fühlte. Er hielt alle diese großen Worte für überbeansprucht und seinem Sein nicht angemessen. Das Leben, leben, sein Leben, auch Tod.

Er hatte die drei Männer hinter sich gelassen. Rückblickend sah er, dass sie verschwunden waren, nur noch in seinem Kopf existierten. Ein eleganter Mann ging mit einem geschorenen Hund an einer Leine auf dem Deich, in der Windstille knisterte eine Zeitung zwischen Arm und Oberkörper des Mannes. Kaum bemerkt gingen sie an einander vorbei, eben an einander vorbei, war eine abrupt aufgetretene Stille zu hören, als müsse etwas geschehen.

Er hatte auf einem Gesangsfest in einer Stadt eine undeutliche Stimme eine Frage stellen gehört, aus einer Ferne über Lautsprecher, und ein vielstimmig grölendes, entsetzliches Jaaaaa war die Antwort gewesen. Er war aus der Stadt geflohen, vorbei an schleimig glänzenden Gesichtern vor spitzgiebeligen alten Häusern. Hinter einer Hausecke hatte er keuchend nein nein gemurmelt, ohne eine Ruhe gefunden zu haben.

Ein grauer Schatten flackerte den Deich hinunter. Die Wolken waren dünner, Sonnenschein schien möglich, ein Vogel taumelte in der Luft. Indem er sich beschrieb, was er sah, versuchte er sich von sich abzulenken. Die vor ihm liegende, auf ihn wartende Zeit war unendlich, während er auf dem Deich weiter ging, wartete er auf die Nacht, ohne den nächsten Tag zu erwarten. Er dachte an die langen Tage, die er nur im Bett verbracht hatte, über sich die schwere Luft, die ihn zu seinem Nichtstun zwang. Während er einem entschwindenden Vogel hinterher blickte, sah er sich zu, sah er sich auf dem Deich entlanggehen, aus weiter Ferne wie ein Pfahl senkrecht im Deich. Er fühlte sich unwirklich in einem irrealen Bild, die Verdoppelung machte ihm das Gesehene glaubhaft.

An dem Geländer sah er jetzt viele Menschen, als ob sie nicht wüssten, was vor sich ging. Als ob sie nicht wüssten, um was es ging. Je heller der Himmel geworden war, desto dunkler färbten sich die

Baumskelette, desto unfähiger wurde er auch, seinen Körper nicht zu spüren, ohne dass es einen Zusammenhang zwischen dem Gesehenen und dem Gefühlten gegeben hätte. Ein Rumor war in ihm. Ein Gewicht drückte auf seine Brust, er wäre gern am Abend nicht zu dem Fest gegangen. Es war ihm unvorstellbar, sich inmitten der lachenden Menschen zu bewegen. Als wäre die Gefahr des Wassers verschwunden. Und auch die Angst. Ein fernes Summen war zu hören, nach einer Weile drang es störend in sein Bewusstsein. Es schwoll, wuchs in seinem Kopf, füllte seinen Körper, quälte ihn so, dass er sich auf den Boden setzen musste. Durch die Hose spürte er Nässe, eine nur kurz ablenkende Nässe. Als das Geräusch unvorbereitet endete, war es in dem Nichtsein ebenso schlimm wie vorher in dem leisen Lärmen. Er presste den Kopf zwischen die Arme. Wusste nicht, wie er dem Rauschen in dessen beiden Erscheinungsformen entfliehen konnte. Das Dröhnen im Kopf veränderte sich in ein hartes Klopfen des Herzens.

Ein alleinstehender Baum auf einer Wiese hatte eine andere Form als eine Gruppe dicht aneinander gedrängter Bäume gleichen Namens. Kräftige schwarze Arme bohrten sich in trübweiche Luft, verharrten in der langsamen Zeit des Winters. Braungekrümmte und gekräuselte Blätter flatterten die Deichschräge hinunter. Er zwang sich, das Gesehene einzuteilen in überschaubaren Sätzen. Ein abgesägter Baumstamm zerriss sich in der Schnittfläche ohne Rücksicht auf die Maserung. Kaltes Sonnenlicht hatte das Grau der Wolken auseinander geschoben. Es lockte vereinzelte Geräusche aus entfernten Winkeln und Löchern, um sie wie zu einem bunten Teppich zu verweben. Leises Hämmern verschlang sich mit dem Rascheln getrockneter Blätter in spitzzittrigen Halmen. Hannah blieb unsichtbar. Hereinwehender Wind ließ seine Hand fahrig zum Kopf zucken. Im jetzt helleren Licht wuchs ein dunkler Stein aus gelbsandigem Untergrund. Ein Vogel kam über den Fluss, langsam nur mit den Flügeln schlagend, ein Krächzen tönte durch die Luft. Als er an das Krächzen dachte, hörte er es auch wieder.

Der Deichboden war so weich, dass er die Geräusche der Schritte im Unklaren ließ. Kein Wind zerrte am Gehenden, auch umhüllte er ihn nicht mehr. Er war jetzt ganz in sich zurück geworfen. Hannah würde vielleicht an ihn denken, wahrer schien, sie würde sich irgendwelchen akademischen Problemen aussetzen. Er wusste es nicht. Vor dieser Zeit, in einer Zeit, die sich ihm entfernt hatte, war es ihnen oft gelungen, sich abends damit zu überraschen, dass sie tagsüber gleichzeitig an einander, an sich gedacht hatten. Sie hatten über die Zeit verfügt, in der sie zusammen waren, viel Zeit, jetzt waren sie selten sogar dann zusammen, wenn sie bei einander waren. Er hatte sich auch beklagt, weil sie nur zu zweit gewesen waren, und nur für sich. Für andere hatten sie nur organisiert in Organisationen gelebt. Jetzt war jeder nur für sich, zumindest wurde es jetzt erst deutlich, ohne dass sie sich oder einander die Schuld zuschieben konnten. Noch nicht einmal verantwortlich fühlten sie sich für ihren Zustand. Er hätte gern Verantwortung getragen für sein Sein. Er hielt ihr Sein auch für eine Folge seines Zustands, auch ihr gemeinsames Leben.

Die Oberfläche des Stroms war ruhig. Die Wirklichkeit der Flusslandschaft wurde glattgespiegelt. Ein Baum schwamm mit seinen Verästelungen auf schwarzem Glanz. Das Hochwasser war sichtbar und konnte noch steigen. Er bedachte wieder die Gefahr und konnte die Folgen für sich nur geringschätzen. Schlamm drückte die Scheiben in Hannahs Haus ein, zäher Schleim drang ein. Fische beendeten ihre Leben in Dornenbüschen. Sätze blieben unvollendet in offenen

Mündern. Weiße Fäulnis, auch blaue Pilze und gelbe Flechten wucherten über harmlose Oberflächen. Schimmelige Weichheit. Er dachte stetig weniger an die möglichen Geschehnisse, seine Gedanken kreisten um ihn, entfernten sich auf elliptischen Bahnen, tasteten sich nur vor, um wieder zurück zu schnellen und ihn zu bedrücken. Zu bedrängen als unerträgliche Last. Eine Schlinge würgte um den Hals, nur noch mit Mühe konnte er schlucken. Es ging ihm immer nur noch schlechter, je mehr er an sich dachte, je mehr er sich auch beobachtete. Er musste den Ausbruch aus sich heraus schaffen, obwohl er lebenslänglich leben musste. Als sein Großvater starb, war er aus der Wohnung gelaufen, weil er sich schämte wegen der Gleichgültigkeit zum Tode des Großvaters. Er hatte sich auch schuldig gefühlt und je größer die Schuld wurde, desto mehr schämte er sich. Es war Herbst gewesen, mit windstillen Tagen und nebligen Nächten. Sieben Tage war er von zu Hause fort gewesen, um bei sich zu sein, nur abends war er zum Haus seiner Eltern gegangen, hatte zum Fenster seines Großvaters hinauf geschaut, das frühere Fenster des Großvaters, wo es so blaudunkel war wie in der ganzen Nacht. Er hatte gedacht, sterben zu müssen und hatte jeden Tag aufgeschrieben, wie es ihm erging und um ihn stand, damit seine Eltern erfahren sollten, wie es zuletzt für ihn gewesen war, und er hatte in raschelnd braunen Kastanienblättern gesessen, mit dem Rücken an den starken Baumstamm gelehnt, und seine Hand hatte eine erste kühlglatte Kastanie gefunden, die ihm ein Glück bringen sollte. Morgens hatten ihn die Eltern wieder entdeckt, dankbare Nässe überglänzte leise ihre Gesichter, er verbarg sein Tagebuch vor ihnen, sie fragten und fragten, bis sie nicht mehr fragten, er blieb stumm, er sah einen Zerfall seiner Familie, später sah er sich auch heraus fallen aus ihrer Gesellschaft. Wie ein Baum mitten im

Sommer ein Blatt verliert, das kreiselnd und taumelnd zur Erde schwebt, und allein ist. Der Stolz der Eltern, als er allein etwas aus sich machte, wie sie sagten. Er verschwieg sich, was geschehen war, um das Gewesene zu vergessen, aber er spiegelte sich in den Sätzen, die er dachte, und in denen, die er nicht dachte: Die Satzspiegel füllten sich so mit seinem Leben, mit Spiegelsätzen.

Zwischen dem Anblick einer nur grauen Wolke und dem nahen Rauschen in unbelaubten Zweigen kam ihm ein Gedanke an Hannah, wie sie nach dem ersten morgendlichen Aufwachen die Lungen vollpumpte, nur um die warme Luft als wohlig vibrierendes Stöhnen auszustoßen. Sein Schatten auf dem Deich, schwarzverzerrt, war die träge ziehende Wolke. Die verhüllende Decke war zerrissen, zerfledderte graue Fetzen, nichts Blumenkohliges, alles flach und zweidimensional, nur noch unförmige Fladen, die in ihrem Alleinsein nicht bestehen konnten, sich schnell auflösten in einem Nichts.

Auch nichts Aufgebauschtes mehr, nichts Geblähtes, nichts Rundlebendes. Diese Natur gab sich den Anschein, als könne kein Mensch sie gefährden, als folge sie nur ihren eigenen Gesetzen und zugleich fiel der Mensch von ihr ab, wie eine faule Frucht. Er konnte nur zusehen. Er dachte auch daran, wie sie damals das Fladenbrot mit den Händen zerrissen hatten, damals, die Brocken eingetaucht hatten in die scharfe Tunke, ein Wort, das seiner Großmutter gehörte. Itzo lasset uns bethen. Massouds Misstrauen und seine Feindseligkeit dem Fremden gegenüber war beim Essen wieder der Hoffnung gewichen, Hoffnung, obwohl die zwei Brüder schon gestorben, also gefallen waren. Die Angst des Fremden vor der beiläufig gezeigten Pistole verwandelte sich in die Angst des Freundes vor den Wörtern, die er zu verteidigen hatte.

Der Reisebericht in der Studentenzeitung würde anders ausfallen als geplant und vorgedacht. DAS LEBEN UNSCHULDIGER MENSCHEN war kaum noch zu rechtfertigen, vom Unbeteiligtsein war keine Rede mehr. DAS RECHT DES EINZELNEN verschwand hinter der gemeinsamen Sache. Während er horchend Dampf über den Rand der Tasse blies, hörte er ferne Schüsse wie Rudimente der Menschheitsgeschichte. Es war auch wie die Geräuschkulisse in einem heroischen Breitwandfilm.

Er ritzte sich die Lippe auf an einer winzigen fehlenden Ecke der Tasse und ein Tropfen Blut vermischte sich schnell mit dem hellbraunen Tee, als sei nichts geschehen. Selten vorher hatte er sich so geborgen gefühlt, niemals hinterher hatte er sich so sehr als ein Teil empfinden können. Auch hatte Hannah mehrmals von dem Recht auf ihr Leben gesprochen, sie hatte seine UNABHÄNGIGKEIT und FREIHEIT als eine starke Sache bewundert, er hatte versucht, ihr zu glauben, dann war er verzweifelt geworden. Er war aus diesem Bezugssystem gestürzt, die Wörter konnten ihn nicht mehr halten. Ihre großen Begriffe waren ihm kein Fixpunkt mehr, sie hatten sich in seinem Kopf zerfasert, aufgelöst in einer milchigen, breiigen Trübheit, der gläubige Schimmer in Hannahs Augen hatte keine katalysatorische Wirkung mehr. Er hatte auch mit Hannah darüber gesprochen, sich einen Tod zu geben, sie in ihrer Liebe hätte ihn nicht gehindert, es war einfach so bei den Wörtern geblieben. Er hatte schon geglaubt, seine Existenz bestehe nur noch aus Wörtern, als er es noch nicht wahr haben wollte, einmal hatte er sich ein Gefühl der Eifersucht eingeredet, er schnauzte den italienischen

Kellner an, weil Hannah und er zu langsam bedient worden seien oder weil die Suppe nicht heiß genug war, er wollte eifersüchtig sein, Hannah hatte es als einen Beweis seiner Liebe verstanden, er war in sich zusammengesunken, wie der Sinn aus seinem Handeln entwich. Er führte den Löffel sorgsam in den Mund, den weit aufgerissenen Mund, begann schnell und kräftig zu kauen, wurde langsam, immer langsamer, begann von neuem und wiederholte den Vorgang, bis die Minestra vom Teller war.

Je genauer er sich beobachtete und je mehr die Situation ihm bekannt wurde, desto sinnloser erschien sie ihm. Er begleitete für sich das Geschehen mit kommentierenden Wörtern oder er beschrieb es sich wie in einem Spiegel, und dieses doppelte Sein verwirrte ihn so, dass er nicht wusste, was wirklich geschah, immer mehr wurde er in sich hinein getrieben. Hannah sah ihn an, er sah Hannah an, während er sich nach irgendwelchen Gefühlen auskundschaftete und bestenfalls Angst vorfand.

Er sagte sich, er solle Hannah umarmen und er umarmte Hannah, weil er es sich gesagt hatte. Sein Kopf ruhte in der Mulde an ihrem Hals wie in einem stabilen Gleichgewicht, er bemühte sich, nur zu sehen, was an den Rändern seines Blickfeldes vor sich ging, er bemerkte sacht schwingende Bewegungen. Zerströmendes Grün trennte sich unscharf von Noldeschem Blau, dazwischen sonnengelbgewischte Flecken, in einem klaren Augenblick tauchten aus der Ferne die violetten Bergschwingungen auf, die es ähnlich auch bei Nabokov gegeben hatte. Er riss den Kopf in einem Zucken aus der schützenden Mulde, Hannah sah ihn angstvoll an. Sie war so gut zu ihm wie immer. Er dachte jetzt Sein oder nein, er wollte nicht denken. Hic locus, hic vivo ließ ihn verzerrt schmunzeln. Fiedrige Palmwedel umwogten die prallen Dattelgehänge, endlos sorgloses, himmlisches Blau umwölbte die Oase, die er hassen konnte, sobald er diesen Mittelpunkt der Welt als Oase der Ruhe entlarvte. Er glaubte, hier könnte er leben und es machte ihn traurig, dass er nur hier leben konnte und es machte ihn auch traurig, weil es ihn auch jetzt traurig machte. Und noch war kein Gedanke an eine spätere Arbeitslosigkeit in ihm. Keine Furcht, auf sich gestellt zu sein. Eine Hoffnung auf Einigkeit ohne Einsamkeit. Hannah führte seinen Blick auf die Palmen zurück, die, wie sie sagte, das Gelb in den Zitronenbäumen darunter schützten, die, wie sie sagte, das Rot in den Tomatenstauden darunter schützten, die, wie sie sagte, das niedrige Grün der Kräuter schützten. Die Sonne schuf eine vertikale Richtigkeit, die sich gleich außerhalb der Oase in eine weite Absurdität transformierte, und Hannah umarmte ihn schnell, wie um ihm Mut zu machen. Das Wasser im großen Versorgungsbassin war durch Algen grün gefärbt, der tiefe Grund blieb unsichtbar, die Oberfläche war von gelbem Blütenstaub überzogen, auch Ocker überpuderte eine Ecke. Die Spiegelung war wie zu einer langen Nachtruhe bedeckt. Sie schufen eine verhaltene Unruhe, als sie in das Wasser sprangen, versetzten sie es in ausufernde Wellen, die am anderen Ende des Beckens in einen verschwiegenen Kampf mit ihnen entgegen eilenden Wogen eintraten, die eine herab gefallene Dattelstaude losgeschickt hatte. Eine grüne Eidechse zwinkerte auf zementgrauem Beckenrand, sie huschte in einen Steinhaufen, als sie sich ihr näherten. Hannah tupfte jeden Tropfen einzeln von seinem Körper, er nahm sich einen Teil ihrer Feuchtigkeit, teilte die Perlen auf ihren Körpern, um sie gleich wieder in einer ungewollten Umarmung zu vereinen. Im Nachhinein staunte er über sich. Da war nichts von der späteren Trauer, die seine Liebe nur noch ahnte, in einem dunklen Raum vergeblich nach ihr tastete. Hannah streichelte ihm schädliche Gedanken weg, bevor sie sich in seinem Kopf festsetzen konnten. Er schlang beide Arme stark um sie, so, dass sie ächzende Laute ausstieß. Während sie den Mund geöffnet behielt, die Augen geschlossen, er glaubte, die Augäpfel nach oben gedreht zu sehen, fühlte er sich nicht mehr, und noch nicht nutzlos. Wie in einer Pause, wie in einer Zeitblase fühlte er sich in dieser Inseloase, später auch manchmal bei Hannah in der Dorfinsel.

Als sie ihn auf den Hals küsste, saugend, überließ er seinen Körper sich selbst. Er ließ sich gehen, fühlte sich, als ob er ausliefe, sein Inneres wurde nach außen gekehrt, wie umgestülpt war er. Es war, als fließe er schmelzend über den Boden, nur der eigenen, urigen Schwerkraft folgend. Hannah sagte dann schlicht, sie liebe ihn. Er hätte gut einen entsprechenden Satz sagen können, doch er dachte schon wieder an die Zeit außerhalb der Oase, dieser Oase, die definiert und bestimmt wurde durch die Wüste ringsum, er dachte an die Zeit, in dem die Wärme unter diesem ewigen oder endlichen Blau nur noch eine verblasste Erinnerung in ihm sein würde. Das Sirren der Zikaden in der Wärme würde nachklingen wie aus einem früheren Leben, wenn er auf dem Deich entlang ging, als trüge er nur unangenehme Erinnerungen in sich.

Die Wolken hatten sich wieder vereint, in einer schamlosen Grisaille, er fragte sich, ob er das Wetter beeinflusse. Oder ob das Wetter in sein Leben eingreife. Er hatte Camus' Ungerechtigkeit des Wetters noch nie nachempfinden können. Vor dem Dorf loderte unverständlich ein Feuer. Der weite Acker, der sich in der Ferne verlor in einem Grau, müsste schon bald von einem verheißungsvollen Grün überzogen sein, wenn, nur wenn sich nichts Ungewöhnliches ereignete. Das Gedachte war ihm ein undenkbarer Vorgang, unglaublich auch.

Hannah und er hatten sich verabredet, gemeinsam zum Fest zu gehen. Sie hatte gesagt, das versteht sich von selbst oder es versteht sich nicht von selbst. Sie hatte auch über diese Tautologie gelacht, er war still, schweigend dankbar für ihren Vorschlag. Allein zu gehen, wäre ihm am wenigsten sinnvoll erschienen. Er wäre sich unnütz gewesen. Obwohl er nicht seine Kleidung wechselte, dachte er, an der festlichen Vorbereitung einer Feier teilzunehmen, als Hannah sich einen Mantel umlegte. Wieder wusste er, nicht zum Fest gehen zu wollen. Er wollte den Zusammenprall mit der Fröhlichkeit vermeiden, sich nicht der Ausgelassenheit der Anderen aussetzen lassen. Er würde sich nur umso deutlicher spüren, je mehr er sich auf die anderen einlassen würde. Er konnte gerade noch Hannah ertragen. Sie war ihm so vertraut, dass er sich notfalls von ihr wegdenken konnte. Als sie ihm seine Jacke reichte, sah er sich wie einen in die Freiheit entlassenen Liebhaber aus einem Schwarz-Weiß-Film auf den rot-braunen Bodenfliesen stehen. Er ordnete seine Füße in die Quadrate, um seine Sprachlosigkeit zu begründen.

Für beide wie selbstverständlich schloss Hannah die Tür hinter ihnen. Er nahm sich vor, bei ihrer Rückkehr die Tür zu öffnen und auch zu schließen, verwarf diesen Plan jedoch gleich wieder als seinen Plan. Seine Schritte sollten leise klingen, unhörbar werden, während er der Bewegung ein gleichmäßiges Atmen beiordnete. Seine Beine waren fühlbar schwer, er bemühte sich, unauffällig zu gehen, obwohl er nicht wusste, warum er Hannah etwas verbergen sollte. Sie standen so plötzlich vor der Tür des Hauses, wo das Fest stattfand, dass er erschrak. Er hockte sich tief in einen Sessel, war schnell wie verpuppt, konnte nicht denken, etwas zu tun. Je fröhlicher die Anderen waren und wurden, desto trauriger fühlte er sich, seinen Körper, der Kloß im Hals war nicht weg zu spülen. Ein Mädchen fragte ihn, ob es ihm nicht gut gehe, er lächelte. Er sah die Gastwirtstochter, Hannah sah er lange nicht. Er fragte sich, warum er zu dem Fest gegangen war. Auf einem früheren Fest war ein Bekannter voll Drogen vom Balkon gesprungen und schnell gestorben. Aude vivere.

Als sein Vater gestorben war, hatte er eine sinnvolle Trauer verspürt, er hatte weinen können und es war ihm gut gegangen. Gleich nach der Beerdigung war er zu einer Freundin gefahren, sie hatte Beate geheißen, vielleicht, jedenfalls war sie glücklich gewesen, als er kam, er hatte nichts sagen müssen. Als sie schon auf dem Sofa lagen, Beates kleiner schwarzer Hund sprang bellend um sie, hielt er alles für ausgedacht und Beate für seine Schwester. Er ärgerte sich über ihre unordentlich am Boden verstreuten Kleidungsstücke, die herumlagen, als gehörten sie nicht zusammen. Ein Hemd knüllte sich im dämmrigen Licht wie ein Schwamm auf matt glänzendem Meeresgrund. Oder wie die Geschwulst im Magen seines Vaters. Als er vorsichtshalber die Augen schloss, sah er im letzten Augenblick den Hund an der Nylonstrumpfhose zerren. Beate riss ihn mit sich, fort in einen strudelnden Sog, der Vergessen genannt werden konnte. Das Letzte, was er dachte, bevor er bewusstseinslos wurde, war, dass er seinen Vater doch geliebt hatte. Er dachte es wie etwas Neues. Später blickte er Beate wie in einer retrograden Amnesie dankbar und vorwurfsvoll an. Sie machte sich schon wieder an ihm zu schaffen, als ob sie es schaffen wollte, seine berechtigte Trauer in eine ziehende Erinnerung aufzulösen. Sätze voll Arroganz fielen ihm ein. Er betrachtete sie nicht ohne Wohlwollen und Arroganz. Sie war eine gute Geliebte. Ganz laut klangen die Sätze in ihm. Sie hielt es nicht für nötig, ihm eine Liebe vorzuspielen, rein und unschuldig wie sie war. Es war zu viel.

In einer anderen Zeit hätte er sie verehren können. Sie nahm ihm das unbemerkt keimende Gefühl des Vergeblichseins. Er hätte sie noch oftmals und auch nötiger gebraucht, doch sie ließ sich nicht benutzen. Aus dem Sofa erklang ein ächzendes Geräusch der Sprungfedern. Der Hund bellte nicht mehr. Sie streichelte in einer langen Geduld seinen Rücken, immer wieder nur von unten nach oben. Sie war vielleicht der erste Altruist in seinem Leben, die erste Altruistin in einem erdachten Raum. Er küsste ihren Hals.

Die Gastwirtstochter sagte leise, jemand habe sich telefonisch nach ihm und Hannah erkundigt, was sie so machten, ein gewisser Müller, er hob nur die Schultern und ließ sie langsam wieder sinken, die Gastwirtstochter verschwand in dem quellenden Wogen der Leiber, in dem Wallen der Stimmen, mit der rechten Schulter zuerst wand sie sich zwischen zwei Gesprächspartnern hindurch. Ihre Worte wurden von dem Wirrwarr der Geräusche weggespült wie die Regentropfen in dem Fluss, den er sich schon ganz heimlich als seinen Fluss benannte. Die Geräusche begannen, flüssig zu werden, Musik tropfte in die Ohren, weich und zäh, die Bewegungen wurden in seinen Augen langsamer und runder, Stühle und Tische sahen nachgiebig wie klebriges Gummi aus. Seine Blicke wurden auf den Gegenständen wie von Watte gedämpft, wie warmweicher Dampf wogte das Zimmer. Er hatte dann auch bei Beate (Beate?) geschlafen, morgens hatte sie ihn mit pochierten Eiern überrascht, die nur Mittel zum Zweck waren, wie er später dachte. Sie hatte aus den Formen, die die Eier herausbildeten, die Zukunft erkennen wollen. Als sie die braune Teekanne, die sie selbst getöpfert hatte, auf das gläserne Stövchen zurückstellte, blickte er ihrer Bewegung hinterher, wie ein Mensch, der einem unbekannten Vorübergehenden nachsieht. Er erschrak bei dem Gedanken, wie lange schon er nicht an seinen Vater gedacht hatte, sein Vater, der nach dem Tod langsam aus seiner Erinnerung zu sterben begann, sein Vater, der immer wieder gewünscht hatte, dass er während des Studiums bei den Eltern wohnte, während er selbst bei jedem Besuch hoffte, diese Sache sei endlich vergessen. Doch die Geschichte entließ ihn nicht zu sich, er blieb verstrickt in die Wünsche seiner Eltern, verheddert in einem undurchsichtigen Gewebe fremder Einflüsse, deren verschlungenen Gang zu entwirren er schließlich aufgegeben hatte. Der Ariadnefaden zu ihm blieb gekappt. Ihm fiel ein, dass das Mädchen nicht Beate, sondern Hedda geheißen haben könnte. Sie hatte das Frühstück unterbrochen, ihn an der Hand zur Tür gezogen, mit einem Blick über die Schulter sah er seine halbvolle Tasse stehen, die angebissene Scheibe Brot mit Quittengelee, von ihrer Großmutter, aus der Kannentülle kräuselte vergeblich der Dampf. Als sei alles vergessen und gelte nichts. Am offenen Grab seines Vaters hatte er eine Zwiespältigkeit in sich bemerkt, als sich der frischweiße Schnee mit der fruchtbaren schwarzen Friedhofserde mischte. Später in der Stadt war ihm aufgefallen, wie schnell der Schnee unauffällig grau gefärbt wurde. Er hätte lachen oder weinen können.

Die Formen der Eier hätten etwas Verschlungenes aufgewiesen, wenn das nichts hieße, hatte Hedda mit ihrem strahlenden Lachen gesagt, an das er sich klarer erinnerte als an ihren Namen. Der Tag müsse genutzt werden, fiel ihm noch ein. Wieder hätte er gern in einer anderen Zeit gelebt. Damals, als die Menschen noch glaubten, der Himmel bestehe aus gläsern durchsichtigen Schalen. Oder die Erdscheibe schwinge an unsichtbaren Fäden; alles sei richtig oder falsch. Hedda war so rundweich, dass er sich geborgen fühlen konnte. Seine Mutter hatte ihm, seiner Schwester und seinem Bruder eines Morgens ein Lied vorgesungen, dessen schwebende Melodie er nur noch als gleitendes Auf und Ab erinnerte. Glissando. Sie hatten zu viert im Elternbett gelegen, in einer warmen, zeitlosen Mulde, die kein Davor kannte und jedes Danach unbedacht ließ. Hedda forderte nichts, als sie ihm diese Erinnerung fortstreichelte, hinaus aus seinem Kopf und Körper, der von einer weichen Zärtlichkeit durchflutet wurde, während er sich zwischen den gelbbraunen Samtkissen liegen sah, durchaus noch nicht als etwas Fremdes. Heddas Kopf hob sich kurz aus den Kissen, ihr taltiefes Lachen umwehte leise die Landschaft der farbigen Hügel, blitzartig zuckten die herbstbunt getupften Berge um den Zürichsee durch seine Gedanken: Wüstengelb, Siena damals, teekannenbraun, auch letztes Grün, tiefes Blau, darauf schmerzendes Silber aus einer fernen Sonne, Hedda war es, die alles verwirbelte in einem unendlich vollen Weiß, Rot. Er stürzte in eine gelbflutende Fläche des Nichts, wie damals, als er, um den See herum in das Licht der Sonne eingetaucht war. Goldener Glanz schwappte auf ihn zu, Berge stürzten über ihm zusammen, versanken um ihn herum in schwarztiefen Abgründen, ein gleißender Augenblick explodierte in ihm, verwehte in riesiger Zeit. Er verebbte in fernen Ewigkeiten, aus denen er nur langsam zu sich zurück fand. Seine zäh ziehende Vergangenheit entließ ihn in veristisch vergehende Zukunften. Er wusste wieder nicht weiter. Hedda sagte, was werden wird, das findet sich von allein. Jedes weitere Wort schmälerte sein kurzes Glück, führte ihn fort von erhofften Realitäten hin zu sich. Noch während er sich in einem Augenblick der Glückseligkeit einzurichten versuchte, zerrann ihm das Gesuchte von den Rändern her zu einem dünnen Flecken Erinnerung. Ein raunendes Paradise Now durchflirrte den Raum. Wo war denn Rosemarie geblieben, sapphische Sappeuse, die sie sei. Ein Mann fragte ihn, was er denn so mache. Die Frage und seine Antwort, ein Achselzucken, nahm er erst wahr, als der Fragende schon wieder in der amorphen Masse der schwankenden Leiber eingetaucht war. Auf einem Stuhl saß eine Frau, als warte sie auf ein Geschehnis. Die Sinnlosigkeit des Festes wurde ihm zunehmend deutlich. Hannah wisperte, wollen wir jetzt gehen, ihre Zustimmung zu seinem Ja, bald war ihm wie eine Rücksichtnahme. So sicher sie sich bewegte, fühlte er sich neben Hannah nur noch als ein sinnloser Rest Leben. Sein Leben war eingemündet in das, was er noch war. Eine tiefe Leere dehnte sich in ihm, die sehr schwer war. Er wagte nicht, sich zu bewegen. Das Eis in seinem Glas war schon lange zu schleimigen Schlieren zerflossen. Unvorstellbar wurde ihm, noch auf dem Fest zu bleiben, doch ebenso unmöglich war es, irgendwoanders zu sein, solange Sein wie Sinn auch klang. Wo gab es einen Ausweg aus seinem Sein, in diesem Sein, wie konnte er sich herausreden. Er dachte daran, irgendeine Arbeit anzunehmen, jede beliebige. Er wäre eingezwängt in das stützende Korsett eines festen Ablaufs der Tage. Er würde sich nicht die Freiheit nehmen können, an sich zu denken. Hannah hatte sich so aus ihrem Leid befreit, nur indem sie dagegen ankämpfte. Sie lebte noch oft in seinen Gedanken und stark. Nur vereinzelt konnte er sich als wahres Individuum fühlen, und einsam, doch dann kam Hannah auf ihn zu und er hörte sie sagen, wir wollen endlich gehen. Ihn überraschte wieder, wie selbstverständlich sie von ihnen redete. Ein roter Lichtstrahl fiel wie ein Pfeil schräg durch den Raum, er wollte ihn nicht zerstören und machte einen Umweg zur Tür. Als sie schon draußen standen, wunderte er sich; er wunderte sich, dass er wie von selbst hinaus gegangen war, ohne es zu merken und ohne sich dabei etwas zu denken. Jetzt verspürte er eine Angst vor der Anstrengung des Heimweges. Obwohl die Vergangenheit ihn umschlungen hielt, entfernte sich das Gewesene.

Die Nacht war dunkel in die Büsche gesunken, zwischen die weit auseinander stehenden Häuser und Höfe. Jeder hat ein Recht auf ein Leben, sagte Hannah, aber wir gehören doch zusammen, warum hältst du dich so von mir fern. Auf dem Fest bin ich gefragt worden, wie wir zueinander stehen, ich wusste es nicht mehr. Bleiern gelähmt fühlte er seine Beine. Sie wollte ihm doch nur helfen, und ihnen. Sie gingen an der winterkahlen Obstplantage vorbei. Er wies sie darauf hin, dass die Reihen der Bäume nur von einigen Stellen aus sichtbar wurden, sonst sah man nur ein ungeordnetes Durcheinander. Hannah schimpfte kurz über die Ordnung, die in der Plantage war. Sie erzählte, sie habe auf dem Fest mit einem rothaarigen Jungen gesprochen, jener Lockenkopf, der im Altersheim einen sozialen Dienst ableiste. Er interessiere sich jetzt sehr für Gerontologie und wolle später einen seinen Neigungen entsprechenden Beruf ergreifen. Wenn es möglich sei. Früher habe er nach Irland auswandern wollen, um dort ein Café zu eröffnen, doch jetzt wolle er sich hier allen Anforderungen stellen.

Eine Frau auf einem Fahrrad kam ihnen entgegen. Als sie sich mit einer Hand über das Haar strich, belegte er sich ihre Bewegung mit dem Wort Angst. Städtische Gefühle kamen über das Land. Bäume und Häuser blähten sich wie kranke Ausstülpungen der Erde. Hannah schloss die Tür auf und gleich lief die Katze ihnen entgegen. Hannah streichelte sie und die Katze schnurrte. Er dachte daran, wie gesund und natürlich ihre

Reflexe waren, obwohl sie schon von einem Auto angefahren worden war. In der Küche goss Hannah ihnen zwei Gläser Rotwein ein, den sie stehend tranken. Sie tastete den Geschmack mit der Zunge nach, ihm war es, als stelle sie sich zur Schau, wie sehr sie lebte. Erst die Unterlippe mit der oberen beleckend, dann umgekehrt, kostete sie jeden Tropfen aus.

Vom Bett aus sah er den dunklen, braunen Bilderrahmen, dieses traurige Braun, das Picassos Harlekin gefangen hielt. Hannah sagte, sie müsse am nächsten Tag früh fahren, komme auch früh zurück. Es war, als verlängerte sie ihr Leben in die Zukunft. Sie wusste, was sie wollte. Bevor er hoffte einzuschlafen, war er kurz froh, einen seiner Tage hinter sich gebracht zu haben.

Viertes Tagewerk

Sehr früh wachte er aus schlechtem Schlaf auf, als habe er nicht geschlafen, Grabesdunkel füllte das Zimmer. Rovaniemi im November. Erdrückend schwarze Schwere machte ihm das Atmen fast unmöglich. Vergeblich versuchte er wieder einzuschlafen, aus seinen Gedanken zu fliehen, doch die Wachheit des frühen Tages ließ sich nicht verdrängen. Um seiner Angst zu entgehen, schaltete er die Nachttischlampe ein. Hannah schlief selbstsicher und schutzlos auf dem Rücken, sie atmete genießerisch tief und gleichmäßig. Der langelange Tag lag fordernd vor ihm wie die ungewisse Durchquerung einer Wüste. Das Geräusch eines Flugzeugs eilte über das Haus. Der alte ovale Wandspiegel hing schräg in das Zimmer und gab die Realität unrealistisch wider. Der Holzrahmen war ihm wie ein Trauerrand zur Bestattung der Nacht. Er setzte sich auf, um sich im Spiegel zu sehen, er beobachtete sich genau. Schwarzsträhnige Haare, tiefliegende braune Augen, ein hageres Gesicht von grauweißer Färbung. Es entging ihm nichts. Ein Seufzer entfuhr ihm, Hannah schrak auf. Gedankenschnell fiel sie aus ihrer Traumwirklichkeit in die ihr noch unbekannte Helligkeit des Zimmers.

Sie sah ihn nur kurz an, wobei sie die Stirn zwischen den Augenbrauen fragend in senkrechte Falten legte, dann schlief sie schon wieder ein. Er bemerkte an sich eine Aufmerksamkeit für sie, die ihm fast unbekannt geworden war. Feine Lachfältchen liefen in ihrer dünnen Haut von den äußeren Augenwinkeln strahlenförmig weg, er sah sie an wie jemand, der nach einem langen Auslandsaufenthalt nach Veränderungen in den Gesichtern seiner Verwandten späht und doch nur eine Zeit findet, die außerhalb von ihm vergangen ist. Er fühlte sich jetzt sehr alt, eingeengt zwischen einem verlebten Leben und endlos gedehnter Zukunft. Zeit, die schon vertan war. Wie Hannah wünschte er sich jetzt schnell Kinder, was er sonst für sich ablehnte.

Es war draußen hell geworden, er schaltete die Lampe aus. Die Helligkeit des Tages verlangte eine Aktivität, zu der er sich nicht aufraffen konnte. Indem er die Zeit zerstückelte und Augenblick um Augenblick überwand wie unsichtbare, doch gefährliche Hindernisse, bewältigte er sein Leben. Seine Mutter hatte ihm wieder vorgehalten, in den Tag hinein zu leben, obwohl sie ihn doch verstehen müsste. Sie hatte ihm nicht glauben wollen oder können, dass er trotz seiner Ausbildung keine Arbeit finden konnte. Er hatte ihr gesagt, dass er nicht arbeiten konnte, weil die Zeit ihn so ausgebildet hatte, wie er war. Inzwischen bestand sein Tagewerk darin, die Tage hinter sich zu bringen und diese Arbeit war schwieriger als alles, was er bisher getan hatte.

Hannah war aufgewacht und beobachtete ihn von der Seite, wie er unbewegt vor sich hin starrte, ohne dass er es bemerkte. Sie wies ihn auf einen herrlichen Morgen hin, was er mit einem Lächeln beantwortete, das sich entschuldigen wollte für eine Unaufmerksamkeit. Er sah Hannah an wie eine unbekannte Bekannte. Auch war ihm die Lampe jetzt so neu und fremd wie ein Wort aus einer ihm nicht vertrauten Sprache. Er merkte, dass er nichts von der Lampe wusste. Wie in einen tiefdrehenden Strudel stürzte er in sich hinein. Die Wand kam auf ihn zu wie ein schwerer, behäbiger Block, den er beiseite schieben konnte, nur um dahinter einen schweren Block auftauchen zu sehen, den er schwerlich beiseite schieben konnte, nur um dahinter einen behäbigen Block wachsen zu sehen, den er beiseite schieben konnte, nur um dahinter aus einem wabernden Nebel einen grauen schweren Block fallen zu sehen, der ihn erschlug.

Nichts war mehr, alles war nur noch wie etwas. Er fühlte sich von den fernen Beinen und Armen in seinen Kopf in die Gedanken hinein. Seinen Körper dachte er auf einem schlierigen, schmierigen Fluss wegtreiben zu sehen und das Gedachte war nicht wie ausgedacht, nur wie unbekannt. In einen glatten schwarzen Schlund glitt er hinein, dass die schleimigen Wände ihn nur noch schneller rasen ließen.

Warme Räume wechselten schnell und häufig mit Kälte, während er zu einer formlosen Masse zusammenklumpte. Kreiselnd wirbelte er in sich hinein. Außer ihm gab es eine glatt glänzende farblose Hülle, in der er sich als etwas Fremdes wiederfand. Sehr tief in sich, wie in einem weichen Nichts, ahnte er einen dunklen Kern des Teilhabens. Schon ummantelte schwere schwarze Watte dieses Innerste, drohte es zu bedrängen und zu ersticken.

Hannah weckte ihn, erschrocken rüttelte sie an seiner Schulter. Ein übermächtiges Wozu erfüllte ihn. Er war sehr müde. Hannah. Das Fußende des Bettes. Der Harlekin an der Wand. Die Karos des Morgenmantels über der Stuhllehne. Die in einem fernen Fluchtpunkt zusammenlaufenden Ritzen zwischen den Fußbodenbrettern. Alles erstarrte in einer haltlosen Fläche. Würde er das Bild abreißen, wie eine Folie abziehen von der Wirklichkeit, täte sich ein riesig schwarzes Loch auf, aus dessen tiefster Tiefe ihm ein hallend lautes Warum entgegendröhnte. Hannahs Hand hatte seine Schulter immer fester umschlossen, verwundert sah er jetzt, wie sich ihre Finger in sein Fleisch gekrallt hatten. Ihre Augen sahen ihn ruhig flehend an. Er sollte aufstehen. Die Abdrücke der Fingernägel zeichneten sich tief in der Haut ab. Der vor ihm wartende Tag würde länger sein als sein bisheriges Leben. Er richtete sich auf, setzte sich auf die Bettkante. Seine Füße standen sinnlos auf dem Teppich. Gern wäre er in einen nicht endenden Schlaf gesunken. Hannah rief aus dem Badezimmer, er sollte endlich aufstehen. Er ging zum Fenster, sah an gleichgültigen Zweigen träge Tropfen hängen. Traurig und sinnlos schien ihm der Anblick. Ein Vogel flatterte unter einem abgestorbenen Strauch, wie um einem unsichtbaren Netz zu entkommen. Eine Stimme klang aus dem Radio, lange nachdem er das Gerät eingeschaltet hatte. Nachrichten aus der Außenwelt. Oder nein, ein Bericht? Er glaubte nicht, dass ihn die Geschehnisse in der Welt noch etwas angingen. Nicht mehr. Eine Partei hatte eine Wahl gewonnen. Er konnte nicht fühlen, dass es ihn betraf. Ein Krieg feierte zehnjähriges Jubiläum, er würde die Wirklichkeit der

Nachricht wieder erst eine Zeit später spüren. Ein Rennfahrer war seinen Verletzungen erlegen. Maßnahmen sollten ergriffen werden, es musste etwas geschehen. Das Wetter sollte sich ändern. Ein Hochdruckkeil würde die Wolken auseinander treiben.

Es würde sich nichts ändern. Er ging den kurzen Weg zur Küche wie zum letzten Mal. Oder zum ersten Mal. Alles war ihm so neu, ohne schön zu sein. Als er in die niedrige Küche trat, musste er sich bücken. Auf dem Tisch schimmerte in dunkler Ruhe eine Kerze, die Hannah erst vor einigen Tagen gegossen hatte. Er sagte, er fände es traurig, dass die Kerze verbrannt wurde. Hannahs Daumennagel verfolgte eine dunkle Linie in der Maserung des Tisches. Als sie ihn dann ansah, wickelte sie eine Haarsträhne um einen Finger. Sie fragte, warum er denn noch stehe und sich nicht setze. Er war so müde, dass er gern geschlafen hätte. Es war wie nach einem anstrengenden Tag, wie nach einem schweren Leben, ohne dass er sich ihr verständlich machen konnte. Sie sagte, er bewege sich wie ein alter Mann. Ein verbitterter alter Mann.

Gern hätte er sie berichtigt. Er wollte hinaus laufen, doch die Angst vor der Anstrengung des Weges hielt ihn zurück. Mit allem rechnete er jetzt und es war ihm gleich, bis zu einer unsagbaren Traurigkeit gleichgültig. Er dachte an früher, als man Erfindungen noch machte, indem man ausprobierte und keine Theorie beanspruchte. Wie es wäre, wenn die heutigen Axiome unbrauchbar würden und die Welt in sich zusammenstürzte. Hannah löffelte ihre Dickmilch so gelassen, als wollte sie ihr savoir vivre beweisen. Sie wisse auch Joghurt herzustellen und protzte mit ihrer Gesundheit, indem sie die Augen wie bestätigend aufriss.

Übergangslos fragte sie, ob er nicht wenigstens Übersetzerarbeiten übernehmen könnte, für Nachhilfestunden sei er sich als Dr. phil. wohl zu schade. Ihr Ererbtes schmelze dahin wie ein verirrter Eisberg. Wie in einer Erschöpfung sagte sie, jetzt fahren zu müssen. Ganz leer fühlte er sich und wie schwebend. Neben der Kerze lag eine Zeitung. Ein Konservativer als Wahlgewinner. Besser als einer jener Populisten. Das T im Namen wurde wie zu einem Kreuz wie bei Hitler, wie im Fenster. Er sah hinaus, ging hinaus. Als er schon um die Straßenecke gegangen war, kehrte er um, weil er prüfen wollte, ob er die Tür geschlossen hatte. Sie war wieder nicht offen. Die Katze streifte um seine Beine. Er nahm sie hoch, streichelte sie, bis sie schnurrte, blies ihr sacht seinen Atem ins Fell, dass sie sich in einem Wohlbehagen streckte und den Kopf gegen ihn drückte. Hannah durfte diese seine Zärtlichkeiten nicht sehen, sie mochte es auch nicht, wenn er mit der Katze sprach. Wieder auf der Straße, fuhr ein Polizeiwagen mit auswärtigem Kennzeichen an ihm vorbei. Ein Junge mit gelben Gummistiefeln zog einen Bollerwagen, in dem ein Junge lachend saß. Es war wie eine Szene aus seiner eigenen Kindheit.

Er hatte Äpfel pflücken sollen. Der Himmel war so schön, so gleichmäßig grau gewesen, auch so einmalig wie ein Hintergrund für die herbstlichen, bunten Bäume. Einige letzte Brombeeren hatte er noch gefunden, die sich in die fremde Zeit gerettet hatten, und sie hatten süßer geschmeckt als irgendetwas. Und waren schwarz und weich. Die Blätter wechselten von grünem Grün zu gelbem Gelb und wieder Grün.

Über den Boden waren rotflammende Erdbeerblätter gelegt. Er fühlte sich bis in die sanften Rundungen der Zeit hinein leben. Er hatte sich gemocht und vor lauter Freude hatte er sich gestreichelt, und als es soweit war, stürzte er mit einknickenden Beinen in die Brombeerranken. Sein helles Rot vermischte sich mit dem überreifen Violett und Schwarz der zermatschten Beeren. Einen Schmerz hatte er nicht gefühlt und eine Schuld erst später. Die Äpfel hatte er in die knarrende Weidenkiepe gepflückt, Schicht um Schicht mit Zeitungspapier dazwischen, das Rascheln der Zeitungen hatte ihn noch nicht gestört. Cox Orange und Goldparmänen, in denen sich im Kerngehäuse im Winter Flüssigkeit ansammelte, bis sie von innen her verfaulten. In der silbernen Stille des Sonntagnachmittags hatte er nur das laute Fallen der Blätter gehört. Er hatte in jenem Winter nicht einen Apfel gegessen und wenn seine Schwester in die Obstschale griff, hatte er beiseite geschaut. Jetzt war seine Schwester mit einem Theologen in Afrika verheiratet. Sein Vater hatte die Obstschale in vielen Stunden aus einem Stück Kirschbaumholz geschnitten. Erst hatte es nur die Idee der Schale gegeben, dann war das Sichtbare der Vorstellung immer ähnlicher geworden, bis es endlich wieder die Schale seines Vaters geworden war. Der Vater hatte seinen Geschwistern und ihm gesagt, das Wichtigste seien die abgefallenen Späne, denn sie, nicht er, hätten die Form entstehen lassen. Zunächst waren nur die Späne in der Schale aufbewahrt worden. Bis nach dem Tod seines Vaters hatte die Schale mitten im Zimmer auf einem Treppenpfosten aus einem Altonaer Abbruchhaus gestanden. Säule und Schale hatten die übrige Wohnungseinrichtung überdauert, nur für eine kurze Zeit hatte seine Schwester eine Clivia auf die Säule gestellt, als wollte sie den Vater vergessen. Der Kirschbaum, aus dessen Holz sein Vater die Schale gedrechselt hatte, war in einem langen Winter abgestorben. Er hatte seinen Vater im Verdacht gehabt, den Baum vergiftet zu haben, weil einige Jahre lang keine Früchte ausgereift waren. Auch glaubte er noch immer, sein Vater habe den Kater getötet, nur weil seine Schwester allergisch auf Katzenhaare reagierte. Einige Wochen hatte er damals nicht mit seiner Schwester gesprochen, sein Bruder hatte nur lachend den Kopf geschüttelt, als er von seiner Vermutung gehört hatte. Erst in seinem letzten Brief hatte er der Schwester von seinen damaligen Gedanken geschrieben. Es hatte die späte Aufklärung eines Irrtums werden sollen und klang doch nur wie eine Entschuldigung.

Die Postbotin kam ihm auf dem Fahrrad entgegen und bremste neben ihm scharf ab, sodass eine dunkle Spur in die Erde gerissen wurde. Er sah, wie sie das Rad gegen die Buchenhecke lehnte und indem er es sah, beruhigte es ihn für den Augenblick. Der Lenker bohrte sich in das Geäst, das kühle kahle schwarze Geäst, wie ein Stilett in ein nächtliches Opfer. Die Postbotin lief von ihm weg über die Straße, um dort Briefe einzustecken, wobei sie rief, ihrem Sohn gehe es besser. Plötzlich wusste er, sie hatte einen Brief seiner Schwester für ihn. Die Postbotin fragte, ob er ihr die Briefmarken geben würde, ihr Sohn sammle Afrika, dort sei noch so viel in Bewegung, man spüre richtig die Front der Geschichte.

Im gegenüberliegenden Haus saß unbeweglich eine alte Frau hinter einer schmalen Fensterscheibe, die so durchsichtig war, dass man sie nicht sah. Es spiegelte sich auch nichts im Glas, alles war so unauffällig. Die Postbotin bedankte sich für die Briefmarken, auch im Namen ihres Sohnes. Sie verabschiedete sich von ihm, wobei sie ihm wie vertraulich auf die Schulter schlug. Oder als ob sie ihm Mut machen wollte. Sorgfältig steckte er den Brief in die Tasche der Wolljacke unter dem grauen Regenmantel. Hannah hatte die Jacke gestrickt. Die Wolle hatte sie vom Schäfer im Dorf gekauft und selbst gesponnen. In der Mitte des Dorfes, dort, wo früher Versammlungen abgehalten worden waren, setzte er sich, auf einer Bank an der Flussbrücke. Sie erinnerte ihn an die Brücke von San Luis Rey, die er in Südamerika gesucht hatte, wo er dem Rauschen des Wassers in schon gewesene Zeiten gefolgt war. Gewesene Zukunften.

Er zog Elisabeths Brief aus der Tasche, obwohl er Angst vor einer schlechten Nachricht hatte. Wieder fragte er sich, warum er klagte. Warum er sich beklagte. Aus einer Tiefe hallte dumpf und unverständlich mea culpa durch seine Gedanken. Ein Foto fiel aus Elisabeths Brief. Schnell wischte er mit dem Handballen den nassen Schmutz fort. Elisabeth in ihrem weißen Ärztinnenkittel, ihr Mann in seiner schwarzen Kutte auf einem Dorfplatz. Ein kleines Schwein lief über die staubige Straße. Er wusste nicht, warum sie das Foto mitgeschickt hatte. Alles sah sinnvoll aus. Er sah um sich. Die Häuser standen wie ruhig an der Straße. Die älteren Gebäude waren mit Lehm zwischen den Rechtecken der Balken verfüllt. Sauberkeit und Ordentlichkeit bestimmten das Dorf. Hier müsste es sich doch gut leben lassen, hatte er gedacht. Um eine dicke Eiche war eine sechseckige Bank getischlert. Er sagte leise ach, wie um sich über etwas Ungewolltes hinweg zu denken. Seinem Willen vertraute er schon lange nicht mehr. Alles kam wie zufällig auf ihn zu und drang in ihn ein, ohne dass er sich wehren konnte. Auch war es schon so gewesen, dass er traumhaft wie allein auf einer einsamen Galeone war. Elisabeth schrieb, wenn es zu schlimm für ihn sei, solle er doch für eine Zeit zu ihnen nach Afrika kommen. Ihr Sohn sage immer Afika. Sich an den kleinen, fremden Schwierigkeiten zu reiben sei nützlich. Hannah habe geschrieben. Gleich fühlte er sich hintergangen. Sie wolle versuchen, ihn weniger zu lieben. Er solle wenigstens versuchen, sie zu lieben. Elisabeth wolle sich nicht einmischen, er solle nur kommen. Hier in Afrika ist alles anders, schrieb sie und es klang nicht unglaubwürdig. Sogar die für sie früher absoluten Werte verschöben sich entlang einer unbekannten Skala. Die Abstraktion verschleierte ihm die Wirklichkeit, schuf eine neue. Er dachte daran, was sie gerade tun könnte. Ob sie das Mittagessen für ihre Familie bereitete. Oder ob sie noch bei ihren Kranken und Verletzten war. Ihr Mann habe Angst vor den Unruhen im Land und hoffe auf sie. Wie es Peter gehe, fragte sie, als ob sie nicht wüsste, dass er seinen Bruder schon lange nicht mehr gesehen hatte. Die Zeilen verschwammen vor seinen Augen. Dicke Regentropfen fielen aus dem grauen Himmel auf das hellblaue Luftpostpapier und bedeckten das kräuselnde Knistern mit dumpfer Feuchtigkeit. Er sah zu, wie die Schrift unleserlich wurde. Elisabeths Sätze verwischten im tintenblauen Kivu-See. Er klappte den Brief in das Tagebuch und ging in die Gastwirtschaft

Schulthoff erklärte einem Fremden die Gefahren, die durch das Hochwasser entstehen konnten. Alles klang harmlos, without any harm. Warum er denn schon hier sei, fragte Schulthoff. Der Fremde im Trenchcoat sah zum Fenster hinaus. Aqui soy yo y que hatte an einem großen alten LKW in Cuzco gestanden. Schulthoff senkte die Stimme zu einem Geflüster. Er sei sine ira et studio: Der Fluss unterspülte den Deich, Wasser sickerte durch den Damm, wuchs sich zu einem Bach aus, wurde zu einem mitreißenden Strom. Dunkle Erdbrocken rutschten über verlassene Felder. Schlamm drückte unbeobachtet heimelig beleuchtete Fensterscheiben ein. Zäher Schleim drang durch bisher unbemerkte Ritzen. Wassermassen wälzten widerstrebende Bäume beiseite. Bräunliche Büsche wehten widerstandslos weg, westwindgetrieben. Starr blickende Fische japsten in Dornenbüschen. Grünlich schimmernde Gewebe metastasierten maßlos. Den Menschen verschlug es die Sprache. Der Strom war der Beweis für das Meer gewesen. Jetzt ging das Wasser ungehindert neue Wege. Eine schleimige Spur des Verderbens grub sich in das Land.

Schulthoff und der Fremde im Mackintosh gingen hinaus. Durch die beschlagene Scheibe waren sie undeutlich zu sehen, wie sie im schräg fallenden Regen standen. Wie von einem extravertierten Rechtshänder waren die silbrigen Wasserfäden in das graue Viereck des Fensters gezeichnet. Die Wirtstochter fragte, was sie bringen dürfe. Das devote Verb verstärkte in ihm die Angst vor einer Entscheidung. Ob es wieder ein Tee sein solle. Er murmelte ein dankbares Ja. Jaja. Durch das Fenster sah er in einer Ferne einige Bäume wie zufällig in der Landschaft stehen. Ganz sinnlos waren die Bäume. Die Gaststube musste er sich mit Worten beschreiben, um sich seine Anwesenheit begreiflich zu machen. Das Fenster war wie ein Rahmen für die Landschaft dahinter. Der Tisch mit der rissigen Platte war wie weit entfernt. Er griff danach, um sich sein Dasein zu beweisen. Die Wirtstochter brachte den Tee. Sie setzte sich zu ihm. Er sah, dass er der einzige Gast war. Wieder kam eine Müdigkeit wie schwer über und in ihn. Die Wirtstochter sagte, sie heiße Karin. Sie fragte, ob es ihm nicht gut gehe. Es war wie ein eiserner Ring um seine Brust. Das Atmen falle ihm schwer. Sie brachte ihm einen

Schnaps. Er sah die braune Flüssigkeit erst, als er sie schon getrunken hatte und sich an sie erinnerte, Magenbitter. Es war, als würde er durch das wärmende, kratzende Getränk in eine neue Situation geführt. Die Wirklichkeit war in den Konturen härter geworden, auch greifbarer. Karin sagte, sie freue sich, wenn Fremde in das Dorf kämen. Das bringt Leben in die Einsamkeit. Er sah etwas wie ein Lächeln an sich. Ein schaler Geschmack war in seinem Mund, die Zunge pelzig. Karin sagte, sie möge ihn. Er staunte über die Einfachheit ihres Satzes, weniger über den Inhalt. Sie ging zum Telefon und beendete das Klingeln, indem sie den Hörer hoch nahm und fallen ließ. Alles war so erstaunlich in einer Einfachheit und so voraussehbar in der unbekannten, allgemeinen Logik. Er konnte sich keine Zukunft mehr denken. Die Welt der Wörter schien mit jedem Gedanken beendet. Kein Satz war mehr möglich und doch würde alles weitergehen. Dinge und Ereignisse traten in sein Leben und er benannte sie sich hastig, um alles am Leben zu erhalten, auch um sich eine Glaubwürdigkeit zu schaffen. Eine winzige Flamme der Hoffnung war es, die er retten wollte. Der Teelöffel war vom Unterteller gefallen. Es schien ihm unmöglich, irgend etwas zu tun. Als er den Löffel in die leere Tasse legte, war es ihm, als würde sich etwas ändern. Vielleicht würde Karin glauben, er wolle noch Tee trinken. Un té mas. Er dachte daran, dass er sich vorstellen könnte, Hannah umzubringen. Zu erdrosseln oder zu erwürgen, er kannte den Unterschied nicht. Er hatte Angst, ohne sie sein zu müssen. Wenn er mit Karin schliefe, würde er den Tee nicht bezahlen können. Es wäre wie Prostitution, wenn er ein Trinkgeld gäbe. Sie fragte, ob er ihr helfen könnte, einen Schrank umzustellen. Sie schloss die Tür ab, um diese Zeit kommt nie jemand, und ging zur Treppe, die nach oben führte. Er ging zur Treppe und es fiel ihm leicht, die Gaststube wie eine Kulisse hinter sich zu lassen. Wichtig war ihm, nicht daran zu denken, was kommen würde, sonst würde er wie gelähmt. Flache Rauchschwaden hingen unter der Decke, wie herbstlicher Morgennebel im Gebirge, dachte er. Die Stühle waren ordentlich an die Tische gerückt, als stünde ein Ereignis bevor. Auf den breiten Fensterbrettern standen Topfblumen. Alles war weit weg, wie nicht wirklich, wie gewesen. Zumindest ist es, dachte er, als sei es schon einmal gewesen. In seinen Ohren klirrte eine Tasse noch auf einer Untertasse. Die Gardine wehte vor dem Fenster in das Zimmer wie nach einem Einbruch, in einem Film. Schnell dachte er daran, eine Chronik der Belanglosigkeiten und Zufälle aufzuschreiben. Die runde Lampe pendelte wie verzweifelt an der Decke und doch hätte es auch ein voller Mond über einer weiten, schönen Landschaft sein können.

Es kam so, dass er an eine, an die sternenklare Nacht aus samtigem Blau und silbernem Gold über dem Altiplano denken musste. Eine Müdigkeit steckte in ihm, die ihm unbekannt geworden war, eine wohltuende Schwere. Den Berg hinauf stieg er hinter dem Mädchen her in einer Anstrengung, die ohne Mühe war. Er konnte sich trauen, sich sogar etwas zutrauen. Schritt für Schritt ging er ohne die Angst vor dem Danach. Unbewusst koordinierte er seine Bewegungen zu einem flüssigen Ablauf, wie er es nannte. Das Mädchen war etwas schneller als er, doch sie ging nur voran. Bald würden ihre Bewegungen zusammenfließen zu einer Form. Es gäbe kein Nebeneinander, nur ein Miteinander. Ohne einen Gedanken liefen die Ereignisse voran, er sah nur zu. Erst hinterher würde er Worte finden können. Wörter für eine in den Gedanken konkret gewordene Welt. Die Welt wäre aus Wörtern gebaut.

Karin zeigte ihm den Schrank, den sie zu zweit ohne große Mühe verschieben konnten. Auch breitete sich in ihm eine Leichtigkeit aus, die ihn fast unbedacht werden ließ. Er ging zum Fenster, sah hinaus und merkte es erst, als er schon am Fenster stand und hinaus schaute. Er staunte, auch weil das Dorf von hier anders aussehe, als er es schon kannte. Oft war ihm ein vertrauter Anblick ganz ohne Ankündigung nur mit einem Mal und plötzlich fremd gewesen und es hatte ihn auch verzweifelt gemacht. Der Blick aus dem Fenster ließ ihn die Schwelle vom Unbekannten zum Gewohntsein schnell überwinden. Schon begann die Erwartung zu einer Erfahrung zu schrumpfen. Karin legte von hinten die Arme um ihn, für ihn war es wie ein kleiner Ausschnitt aus einer gut funktionierenden alten Ehe. Es war wie nichts Neues, nur wie etwas Gutes. Es kam, wie er es sich auch hatte denken können. Ein Vogel wippte auf der Regenrinne, schnell dachte er sich den Namen des Tieres. Es war ein Spatz. Das Tier flatterte gleichgültig auf das Fenster zu, während er überlegte, wie es sei, immer alles auf sich zukommen zu lassen. Die Analogie der Vorgänge, vielleicht war es auch der Induktionsschluss, löste in ihm keine Bestürzung aus, nur eine Gleichgültigkeit. Das Tier flog in die Richtung des Dachfirstes. Ihm fiel eine Zeit ein, er lag mit einer Kinderkrankheit im Bett, welche es war, hatte er vergessen, Scharlach, Mumps und Keuchhusten nicht, als eine Amsel, am Rande des Dachfirstes sitzend, gesungen hatte, er hatte das richtige Verb gefunden. Sie hatte gesungen, um einen Regen anzukündigen. Karin begann, ihn zu streicheln. Die Dachziegel waren rot, wie überall in der Gegend, und doch nicht so rot wie die hitzeflirrenden Dachtupfen in Avignon, vom Palais du Pape aus gesehen, genauer gesagt vom Palais des Papes. Feinere

Unterscheidungen waren unnötig und wurden auch unmöglich. Der blaue Teppichboden wurde zu einem wogenden Meer. Die Wellen drohten ihn zu verschlingen, versprachen ihn aber auch zu neuen Ufern zu retten. Er löste sich von sich und dachte jetzt auch an Karin. Ihre gelben Haare wanden sich auf dem Teppich. Den Kopf hatte sie in den Nacken gedrückt. Die Augen waren wie zu einem leichten Schlaf geschlossen oder wie in einem geringen Schmerz. Es war, als wisse sie von einem Geheimnis, was gut ist und zu nichts führt. Sie war jetzt ganz leise, biss sich dabei auf die Unterlippe. Die Schlingen des Teppichs wurden zu einem weich wogenden Getreidefeld. Es gab keine Begrenzungen bis zum Horizont und diese Weite vor seinen Augen war so, dass ihm schwindelte. Eine flirrende Hitze zitterte über dem Land. Sein Körper dehnte sich in einen schwerelosen Raum hinein, als blähte er sich endlos unter einem sanften warmen Hauch. Aus seinem Mund hörte er das Wort Karin wie von einer fremden Stimme gesprochen und aus der Kürze eines flackernden Zuckens heraus strömten sie beide in eine wie ölig vergehende Wärme. Wie aus einer Zeit ohne Gedanken und Träume kehrte er zurück in sein Bewusstsein. Seine Fingerspitzen tasteten über das kühlglatte Holz eines Stuhlbeines. Keine Angst war mehr in ihm, nur noch die tiefe Spur eines Nichts. Ein Schimmer einer Ahnung durchwehte ihn, alles konnte noch einmal anders werden, Karins Körper bewegte sich gleichmäßig beim Atmen. Er dachte, ist dies Karin, oder ist es nur die Vorstellung von einem Menschen, der ohne Anlass aufsteht und fort geht. Unbeweglich wollte er liegen, damit Karin das einzig Bewegliche in dem erstarrten Zimmer sei.

Sie stand auf und ging in ein Nebenzimmer. Er hörte sie dort mit Geschirr einige Geräusche machen. Es war die Küche. In der weißen

Wand steckte ein Nagel, an dem nichts hing, ein helles Rechteck unter dem Nagel deutete die Möglichkeit an, ein Bild aufzuhängen. Das Blitzen einer Glasvase störte ihn. Woanders hinzublicken reichte ihm nicht, er hielt die Innenseiten der Hände vor die Augen.

Karin trug ein Tablett herein und stellte es auf den Teppich. Während sie den Tee in die Tassen goss, dachte er, es sei schlimm, wieder nichts tun zu können. Jede Möglichkeit einer Änderung war schon wieder verspielt. Sie fragte, ob es ihm immer noch nicht besser ginge. Es ist alles so merkwürdig, sagte er, und deshalb habe er Angst. Sie schien ihn nicht zu verstehen, doch sie konnte nicht aufhören, ihm zuzuhören. Es war nicht so, als wollte sie mit ihm über etwas reden. Sie wollte mit ihm reden.

In Ansätzen war Anteilnahme in ihren Sätzen. Sie behauptete, sie sei ein Kind ihrer Zeit. Ein Kind ihrer Zeit. Sie möge Hannah, aber sie möge auch ihn, warum aber, man könne doch keinen Exklusivitätsanspruch erheben. Als sie aber sagte, kam dumpf eine grundlose Angst in ihm auf, deshalb bat er sie zu schweigen. Sie lauschten gemeinsam, warteten auf ein Geräusch

Das Tuckern eines Schiffsmotors kam vom Fluss her über das Land. Karin sagte, die Wellen gefährdeten den Deich. Sie hasse den Strom, das Wasser. Es sei schön, mit ihm gemeinsam zu lauschen. Jeder Satz prägte sich ihm ein.

Der Ast eines Birnbaumes schabte im Wind über die Fensterscheibe. Dieses Geräusch gehöre nur ihnen. Das Rauschen des Regens sei für sie wie ein weiches Polster. Sie rollte sich zusammen, wie Hannahs Katze sehe es aus. Durch das regennasse Fenster sah er die Katze des Nachbarn, Schrödingers Katze, in einer gegenläufigen Eile dem Regen entkommen und in einem Schuppen verschwinden. Ihn überraschte die stille Zuversicht, die sich auszubreiten begann, und auch schon nach ihm griff. Er wollte jetzt gehen, bevor sich etwas änderte. Leise zog er die Tür zu, wie um Karin nicht zu wecken. Als er auf die Straße und in die Nässe trat, war es ihm, als lebte er in einem englischen Film. Es war ohne einen Schrecken für ihn.

Efeu klammerte sich an das Haus. Das Rieseln der Tropfen wurde darin zu einem Lärmen. Ein roter Lieferwagen parkte auf der linken Straßenseite. Es regnete so stark, dass er den Mantelkragen hochschlagen musste und den Kopf zwischen die Schultern einziehen. It's raining cats and dogs fiel ihm ein, als ein Mann in einem Glencheckanzug grüßend über die Straße rannte, einen Hund an einer Leine hinter sich herziehend. Die beiden verschwanden in einem Hauseingang, sie waren ihm unbekannt. Er öffnete den Mund wie um oh zu sagen und sog die Luft ein, bis seine Lungen gefüllt waren, wobei er nur an das Einatmen dachte. Die Luft drang in ihn mit einer kühlen Klarheit und als er sah, dass er allein im Regen auf der Straße war, konnte er keine Angst in sich entdecken. Er dachte auch nicht an eine Sinnlosigkeit. Ganz leicht fühlte er sich und er wünschte, dieser Zustand möge andauern. Karin hatte die bleierne Schwere aus ihm vertrieben, ohne dass er es anfangs bemerkt hatte. Vielleicht würde jetzt auch mit Hannah etwas Neues beginnen. Er wechselte auf die andere Straßenseite, noch immer war es, als sei er aus dem Dunkel einer fernen

Zeit in ein matt schimmerndes Licht geraten. Nur ein Rest Angst vor der gewesenen Angst war noch in ihm.

Es ist alles vorbei, flüsterte er sich zu, in den Regen hinein. In der Nässe glitzerten silberne Fäden wie aus einem zukünftigen Altweibersommer. Er überlegte, ob er Hannah anrufen sollte. Wieder lief er über die Straße, es fiel ihm schon so leicht, dass er daran dachte, an den nächsten Tag zu denken. Er könnte mit Hannah wegfahren, weg, ans Meer. Die Deichwache könnte durch eine Vertretung übernommen werden. Das Wasser würde er ihr zeigen, das hier am Dorf vorbei floss und unterwegs zum Ozean seinen Schrecken irgendwo verlor. Den Übergang vom Strom zum Meer stellte er sich als ein friedliches Plätschern vor. Am Bordstein entlang rauschte ein schmutziger Bach, in dem nur Reste von Dingen weggewirbelt wurden. Der Korken einer Flasche, der Filter einer Zigarette, eine halbe Bananenschale, schwärzlich gealtert. Ein zusammengeknülltes Papier. An ein idealisiertes Schema eines Kreislaufs musste er denken. Keine Angst, auch kein schmerzender Gedanke verband sich damit, er wollte sogar an eine verborgene Sinngebung glauben. Er begriff sich nicht mehr.

Am Wegrand lag ein Haufen Steine, an denen Beton klebte. Es war der Rest einer Mauer. Er konnte keinen Ekel in sich aufspüren. Die Postbotin fuhr mit einem Wagen fast lautlos vorbei. War es ein Elektromobil? Schnell zog er eine Hand aus der Tasche, um zu grüßen. Auf dem nassen Asphalt hinterließen die Räder helle Streifen, die sich bald in der Feuchtigkeit auflösten. Keine Veränderung konnte er in sich beobachten und er dachte, dies sei ein Gefühl der Freude. Später wollte er mit Hannah besprechen, wie es wäre, wenn er auf einem Bauernhof arbeitete. Die körperliche Arbeit würde gut für ihn sein. Seine Schwester hatte geschrieben, es sei nützlich, sich an den kleinen, fremden Schwierigkeiten zu reiben. Ein Lachen wurde ihm denkbar. Er lief über die Straße, Hannah gleich anzurufen, sie solle zur Beobachtungshütte am Deich kommen, er habe etwas mit ihr zu besprechen. Ein Auto bremste scharf, ohne dass ein quietschendes Geräusch zu hören war. Ein kleiner schwarzer Hund wirbelte durch die Luft, prallte gegen einen Torpfosten, blieb wie tot liegen. Ein Bein ragte in die Luft. Der Wagen rutschte auf einen Baum zu. Langsam verbeulte das Blech. Glassplitter fielen auf die dunkelgrauen Gehwegplatten, blitzten noch kurz auf. Hannah würde er doch nicht anrufen. Eine zerbrechliche Ruhe lag wieder über der Dorfstraße. Trübe glänzte ein Geldstück am Boden. Er ließ es liegen. Häuser, Bäume und die Straße schienen auf etwas zu warten. Es war, als sei ein Film angehalten worden. Man konnte ein Bild sehen, das nur die Verbindung war zwischen zwei anderen Bildern. Ihm wurde übel. Er übergab sich auf einen Streifen Land neben der Straße, auf dem schwarz gewordene, dürre Gräser sinnlos umherlagen. Auch verpappte, verfilzte, gebleichte Grasfladen. Es war nur eine Erinnerung an eine Zeit eines Lebens. Von der Straße bog er ab, um über Wiesen und Äcker zum Deich zu gehen. In nassen, glatten Flächen leuchteten schwarze Erdschollen silbern auf, wie durch die Luft schwebendes Stanniolpapier. Wie ein großer Schwindel ist es, dachte er. Als ob eine schlimmere, sinnentleerte Wirklichkeit nur verborgen werden soll. An einigen Stellen sickerte das Wasser nicht mehr weg. In kleinen Mulden verschafften sich stille Seen unnachgiebig Platz. Nur die Ruhe war zu hören wie vor einer schlimmen Zeit. Die Masten der Überlandleitungen staken wie Kreuze im Land. Im Dorf gab es sinnlos rote Häuser mit weißen Fensterrahmen. Einige Fenster waren schon gelb ausgeleuchtet und er bekam eine Ahnung des Lebens dahinter. Eine Ahnung des Lebens, wie es sein könnte.

Ein weiß emaillierter Henkeltopf mit schwarzem Rand lag neben einem fast runden Stein. Es war schon wieder so, dass er sich Schritt für Schritt vorantasten musste. Peu à peu und step by step, dachte er, müsste er sich hindurch winden, nur um vorwärts zu kommen. Die Gummistiefel quatschten im Matsch. Eine dunkle Wolke franste in hellen Rändern aus. Wie leuchtend sie auf der anderen Seite sein müsste, die er nicht zu sehen bekam. Der Fluss strömte wie gleichmäßig zwischen den Deichen dahin. Ein Strömen, langsam und gleichmäßig. Dies war ohne Zweifel nicht die Katastrophe, zweifelsohne auch keine Anastrophe. Ganz leise war er, als er das langsame Rauschen des breiten Stromes hörte. Lang und laut schrie er dann, wie um sich gegen die gleichgültige Macht des Wassers zu behaupten. Er war überrascht, welche Kraft zum Widerstand noch in ihm steckte. Eine uneingestandene, unausgestandene Angst vor dem Wasser war in ihm. Der Tod des kleinen Hundes fiel ihm ein und es fiel ihm auf, dass er nichts wie Bedauern, Mitleid, Traurigkeit in sich verspürt hatte. Als ob ihn der Vorfall nichts anginge. Wenigstens ist es nur, dachte er, als ob. Als sei etwas geschehen, von dem er nichts wusste. Aufkommender Wind wellte das Wasser in silberschwarze Schraffuren. Er schleuderte einen Stein in den Fluss.

Ein Gefühl der Ohnmacht beschlich ihn. Er setzte sich, ohne die Kälte des grauen Betonklotzes als störend empfinden zu können. Sein Kopf sank auf die Brust, bis das Kinn die Plakette VIGILANT berührte. Schulthoff hatte die Schilder an alle Mitglieder der Deichwache ausgegeben. Es war wieder windstill. Die nächtliche Landschaft reduzierte sich auf helle und dunkle Flächen in einer perspektivlosen Zweidimensionalität. Das Licht des Mondes zitterte über die Wasserfläche. Er versuchte sich an Zeiten zu erinnern, als ihm bei diesem Anblick ein Satz wie Das ist schön eingefallen wäre. Ein unaufhörliches Wispern drang aus dem dornigen Gebüsch am Deich. Es vermochte ihn nicht von den endlosen Feldern der Trauer in ihm selbst fortzuführen. Von Stunde zu Stunde wurde die Deichwache trostloser, täglich waren die Tage schwieriger zu bewältigen. Was aus ihm geworden war, fragte er sich und wagte keine Antwort. Die Zeit war für ihn nur noch wichtig, um überwunden zu werden. Seine Liebe zu Hannah wurde ihm unvorstellbar. Er konnte sich kein sinnvolles Tun mehr denken, jede Tätigkeit wollte nur noch beendet werden, das war der einzige Sinn. Etwas in ihm sei erschüttert, er sei auch verzweifelt und traurig geworden, dies als Antwort. Wenn er auch Hannah so geantwortet hätte, diese fadenscheinigen Worte hätten keine Spuren der Wirklichkeit in ihr eingraben können. In seine Gedanken hinein fiel ein Schuss, erstaunt sah er um sich. Ein Motor wurde angelassen, ein Fahrzeug entfernte sich von irgendwo, fuhr irgendwohin. Er war dankbar für die Unterbrechung seiner Gedanken. Auf dem Deich entlang würde er zur Beobachtungshütte gehen. Bei jedem Schritt musste er denken, wie er mit seinen Schuhen Gräser zertrat. Es war für ihn wie die lautlose Zerstörung eines Lebens und er wagte nicht mehr, sich zu bewegen. Wieder setzte er sich. Ein Wunsch erfüllte ihn, er wäre gern tot gewesen. In ihm hämmerte die Frage Was tun, Was tun. Das Herz schlug ihm, dass er es in der Brust spürte. Das Blut pulsierte schmerzhaft in den Adern.

Er fragte sich, warum alles war, wie es war, warum. Warum er noch lebte. Aufzustehen und weiterzulaufen, als sei nichts geschehen, nahm er sich vor. Um ihn herum war nur noch wenig. Kein Geräusch außer dem seiner Schritte würde hörbar. Weiche Dunkelheit umfing ihn, lenkte seine Aufmerksamkeit immer wieder zu ihm zurück. Er merkte, dass er nur noch auf sich beschränkt war. Kein Geschehen war ihm mehr wichtig. Eine lange Weile blieb er stehen, um nachzudenken, wie er von sich fortkäme. Unvorstellbar war es ihm, außer sich zu sein auch angesichts eines unsagbaren Unrechts.

Die Tür der Beobachtungshütte war nur angelehnt. Er entzündete eine Kerze und trug Keine besonderen Vorkommnisse in das Beobachtungsbuch ein. Der schwarze Einband war an den Ecken abgestoßen, graue Pappe zerfaserte zu einer fusseligen Masse. Die Fensterscheibe war beschlagen, er sah sich Warum auf das Glas schreiben. Die erste Eintragung im Buch war älter als dreißig Jahre. Er blätterte weiter und ihm kam der Gedanke, wie Hannah in seiner Erinnerung sein würde, wie sie sein würde in einer gewesenen Zeit und was von ihr bliebe.

Ein Brett m Dach der Hütte knisterte. Jedes Frühjahr häuften sich die Eintragungen im Buch über die Gefährdungen des Deiches. Die zyklische Wiederkehr der Krisen brachte eine Ordnung in die Vergangenheit, die sich beruhigend las.

Nichts wirkte zufällig. Das sorgfältige Aufschreiben der bedrohlichen Ereignisse ließ das Gewesene erstarren und glättete die Angst. Am vergangenen Sonntag ist der Deich gebrochen, das Schlimmste scheint vorüber. Die Eintragung war nur wie ein Punkt einer nicht immer linear vergehenden Zeit. Unsichtbar blieben die Kleinigkeiten, die zu den Geschehnissen geführt hatten. Was galt, waren die notierten Vorkommnisse nicht als Fragmente der Vergangenheit, sondern als die Vergangenheit selbst. Ein Satz von Schulthoff aus dem Vorjahr war dick unterstrichen: Wenn nichts mehr passiert, dann ist es geschafft. Diese paradiesische Finalität galt wieder nur ein Jahr, dann drohte ein neues Hochwasser. In den letzten zehn Jahren hatte es laut Zeitung bereits drei Jahrhunderthochwasser gegeben. Die Seiten im Beobachtungsbuch füllten sich zur irreversiblen Geschichte der Deichwache. Er dachte daran, dass er jetzt an dieser Geschichte teilhatte und dass sie doch auch nur ein Teil seiner Geschichte war. Wieder fühlte er sich eingebunden in ein dicht gewebtes Netzwerk. Er schloss das Buch und trat aus der Hütte. Hinter ihm schlug der Wind die Tür zu. Die Wolken waren verschwunden, die wässerig silberne Mondsichel lag wie ein Ausstellungsstück auf blauem Samt. In Pjatigorsk war es gewesen, als Wassilij Mussorgsky vom weit gespannten Blau über den nächtlichen, weißen Gipfeln des Kaukasus schwärmerisch erzählt hatte, es sei so schön. So schön. Sie waren dann zum Elbrus hinauf gefahren, die Bretterzäune und Mauern um die müde liegenden Häuser und Gärten waren so hoch, weil die Frauen so schön waren. Wassilij hatte gelacht. Je höher die Mauern, desto schöner die Frauen. In einem Dorf hatte ein Mann mit grauschwarzen Bartstoppeln ihnen einen Eimer Honig geschenkt. Sie hatten nicht gewusst, was sie damit sollten, wie sie ihm danken konnten. Nitschewo, nitschewo, Wassilij war schon zum Wagen gegangen. Unter einem überhängenden Hausdach hatten Zwiebelketten und Maiskolben in perlendem Gelb gebaumelt. Er hatte es wie etwas Unbenanntes besehen, stumm und vorwurfslos war das Bild vor ihm gewesen, eine Verwunderung blieb in ihm. Die Straße war schmaler geworden, auch holprig und kurvenreich. Zuletzt hatten sie gehen müssen, die Zahl der Sessellifte sollte niedrig gehalten werden. Die Hütte war aus dicken Baumstämmen zusammengefügt, in die Fugen war Heu gestopft. Sie gehörte zu dem Betrieb, in dem Wassilij als Ingenieur arbeitete. Als es zu schneien begonnen hatte, waren sie hinaus gegangen. In einer großen Stille verwandelten sich die Berge. Dann war der Himmel von einer klirrenden Klarheit gewesen. Unter der hohen, glitzernden Weite war eine Angst in ihnen und doch war es schön gewesen. Sanft schwebende Wölbungen, so schön. Nur noch silbriges Weiß und schroffe, bizarre Formen vor fernem, hintergründigem Blau. Es war so schön gewesen, so schön, als hätten sie sich schon weit von der Wirklichkeit entfernt. Sie hatten nicht gewagt, sich zu rühren. Keine Bewegung gab es, nichts als das kristalline Springen des Lichtes. Und die ekstatischen Zuckungen der Berge vor weichem Dunkel. Wassilij hatte einen Arm um seine Schultern gelegt, in einer völlig furchtlosen Verbundenheit. Ein gläsernes Tönen hatte sie umweht, als sei es unendlich, als sei es wirklich.

Die Glocken schlugen vom Dorf her, der Klang verlief sich in der Weite hinter dem Deich. Der Gedanke an die Kirche stürzte ihn in eine verzweifelte Wirklichkeit. Nur noch Cassiopeia veränderte sich unmerklich, der Schlangenträger bewegte sich am Rande des Bildes. Im hellen Licht des Mondes gliederte sich die Landschaft in die Ordnung der Felder, so eindeutig, wie der Grundriss einer barocken Stadt. Noto. Und so zerbrechlich, als würde eine Änderung sehnsüchtig, ohnmächtig erwartet. Es war hohe Zeit, die Deichwache zu beenden.

Aus dem Wirtshaus erscholl ein frenetischer Lärm, ein phonetisches Gejohle, beängstigend und wirklich. Auch so laut und gesund, dass er schneller weiter ging. Er lief jetzt nur, um weg zu kommen. In einem Haus wurde ein Licht in ungleichmäßigen Abständen eingeschaltet und wieder ausgeknipst. Die Kirche stand ruhig und bedrohlich auf einem Hügel. Ein ganz dunkler Schatten vor geschwärztem Himmel, der zum Mond hin heller wurde. Die Iglesia de la Merced hatte das Tor geöffnet, um die Gläubigen zu verschlingen, wartend leuchteten weiße Lilien und Callae. Der Prozessionszug quoll durch die Straßen, Knallkörper detonierten in rauchgrauen Schwaden, bunte Blitze wiesen ohne Scheu auf sich hin, Marktfrauen schrien, Orangen flogen und rollten für die Virgen de la Asunta. Ein Lachen und Lärmen loderte in den Gassen. Die Indios und Indias in ihrem Ponchorot hatten begriffen, um was es ging, nur wenige sahen traurig aus. Die Gringos und Gringas weideten genießerisch auf dieser farbigen Wiese des Glaubens.

Hannah lief zum Gartentor, als habe sie seine Schritte gehört oder als sie seine Schritte gehört hatte. Das mühevolle Zustandekommen eines Zusammenkommens war nicht zu entdecken, als sie ihren Kopf an seine Brust lehnte. Es war, als wollte sie ihm ein Vertrauen in etwas schenken. Als wollte sie ihm helfen. Die Katze rieb an ihren Beinen. Ein Blatt wehte vor ihnen über den Weg, verfing sich raschelnd in einem kahlen oder vertrockneten Strauch. Die Katze sprang zu dem Geräusch. Hannah müsse noch an einem Vortrag arbeiten. Sie sprach nicht über die Thematik und er fragte nicht. Er war ihr dankbar, nicht mehr beansprucht zu werden.

Fünftes Tagewerk

Pechschwarze Schatten schälten sich aus dem Morgengrauen. Das bauchige Braun der Vase auf dem Schrank war nur zu erahnen. Fast unsichtbar blieb noch der Blumenstrauß darin. Obwohl die lila Astern schon seit langem vertrocknet waren, behielt Hannah den Strauß als ein Indiz einer Liebe. Täglich waren die Blumen für ihn die schlimme Erinnerung an eine schöne Zeit als eine gewesene Zeit. Das Zimmer ruhte unbeweglich in verwischten Formen des morgendlichen Graus. Er konnte sich keine Änderung denken, auch keine Zukunft, die sich aus diesem erstarrten Zustand entwickeln würde. Vielleicht würde ein Stuhl zu schaukeln beginnen und umkippen oder ein Bild würde an der Wand herunter rutschen und das ganze Zimmer mitreißen in ein wirbelndes Dunkel. Er würde unbehelligt schlafen können, in einer tiefen, warmen Ruhe, die nicht endete. Die Möbel rückten wie gezeichnet an die Wände, wie eine Bleistiftskizze auf glattweißem Papier. Auch dass die Wände weiß waren, konnte er sich nur denken. Der ovale Spiegel war in eine unbegreifliche Ferne gerückt, eine traumhafte Ferne, und er sah nicht nur diese tiefe, weite Leere um sich herum, sondern fühlte sie auch in sich. Wie ausgehöhlt war er, bis zum kläglichen, beklagten Rest eines Letzten, Äußeren und er fühlte sich nur deshalb nicht wie tot, weil er es nicht wahr haben wollte. Weil er nicht schreien wollte, ich bin ja tot, gestorben, an Euch, oder an mir. Wie in einem Traum tauchte aus tiefer Ferne ein Funken seiner Liebe zu Hannah auf, traumhaft schön wäre dieses Eintauchen in eine gewesene Zeit. Er wünschte sich gleich auch eine Wut zurück, einen Zorn, ohne Macht, doch nicht ohnmächtig und hilflos, aber nach Taten dürstend. Wieder wollte er vor Freude bersten, als jetzt nur so weiter zu leben. Keine Angst schlich sich bei ihm ein und kam in ihm auf, als er an die vor ihm liegende Zeit dachte. Bis zum Abend gelangte er nicht, das Aufstehen würde schon zu einer unerträglichen Mühe. Es gelang ihm nicht. Das Essen wurde ihm zu einer undenkbaren Tätigkeit, wie eine Lüge war der Gedanke, er habe einmal gern gegessen.

Unwillig würde er versuchen, den Tag zu verleben. Wie vieldeutig das Leben war, wie unbedeutend. Auch in seinem Leben würde er sich einleben, hatte der Arzt gesagt, und es sollte eine Hoffnung sein. Bis zur Tür hatte der Arzt ihn begleitet, und dann, eine Hand auf der Klinke, gesagt, c'est la vie, als solle die Plattitüde tröstend alles verhüllen. Er war durch die Straßen gelaufen, wie ohne Bewusstsein, und hatte schließlich wie gelähmt auf einer Parkbank gesessen. Unbeweglich wie tot hatte er sich sitzen gesehen. An einen Roman, den er als Schüler gelesen hatte, musste er denken, in dem ein Leben rückwärts ablief. Er wünschte, eine Entwicklung könnte rückgängig gemacht werden, sein Zustand würde sich bessern. Eine lange Zeit dachte er nichts, ganz leer war er und es war auch kein Platz in ihm für eine Trauer. Plötzlich hatte er gemerkt, dass es dunkel um ihn geworden war und kalt, fast dankbar spürte er sich. Kein Mensch war mehr im Park zu sehen, die Bäume bewegten sich nicht in der verhaltenen Zeit, ihn fror. Durch die Zweige zuckten höhnisch helle Neonlichter. Zwischen zielstrebig eilenden Menschen taumelte er an den glitzernden und glänzenden Flächen der Schaufenster vorbei. Er sagte sich, es könne nicht nur das scheinbar unscheinbare Gemurmel um ihn herum sein, das ihn bedrängte. Um unauffällig auszusehen und sich auch so zu fühlen, blieb er bei einem kannelierten Laternenpfahl stehen, als warte er auf jemand. Es war gut, redete er sich ein, diesen gusseisernen Pfahl entdeckt zu haben. Kurz tauchten aus der Zähigkeit seiner Erinnerung pompejanische Kannelüren auf, Hannah mit ihrem Zeichenblock in staubiger Hitze, müde schlurfende Schritte zwischen grauen Gräsern und zerfallenden Säulen, der Gedanke des Eingebundenseins in einem großen Fortgang, während sich alles zersetzte in entsetzlicher Zeit, auch ein Gefühl, für immer gerettet zu sein, und die Hoffnung auf ein unverhofftes Verschüttetwerden, ein jähes Ende der Geschichte.

Hannah hatte ihn voran getrieben, sie duldete keinen Stillstand. Die Fahrt durch unbesiedeltes, zersiedeltes Land. Hannah behauptete, das Zerstörerische müsse zerstört werden, um einen Anfang zu ermöglichen. Die Zypressen standen jetzt ganz grau die Straße entlang, bis sie am Rande des Blickfeldes klein wurden und sich verloren. Alles sei nur in einer langen Vorbereitung, noch sei nichts fertig. Vielleicht werde es auch niemals fertig. Als sie dann erkrankt war, hatte sie ihre gastrointestinalen Beschwerden verlacht, als sei sie soeben gestärkt aus einem Streit hervor gegangen. Dem Apotheker hatte sie mit einer kurzen Handbewegung zugewinkt, wie um ein Geheimnis anzudeuten, das zwischen ihnen war.

Besorgt hatte er sich beobachtet, er hatte sich gut fühlen wollen. Ein Kind hatte ihn nach der Zeit gefragt. Er hatte eine Entschuldigung gemurmelt, als er sah, dass er keine Uhr bei sich trug. An das Mobiltelefon hatte er nicht gedacht. Das Kind hatte dann mit einer Frau gesprochen, dabei mit einem Nicken des Kopfes in seine Richtung gedeutet und war fort gerannt. Obgleich er sich nicht vorstellen konnte, sich zu bewegen, war er doch weg gegangen. Dann hatte sich die ganze Szene aufgelöst, die Menschen liefen planlos und gezielt durcheinander, es war ein verwirrendes Verteilen und zufälliges Zergliedern. Ein konvulsivisches Zusammenziehen und ein Weggeschleudertwerden. Wie ein Fremdkörper war er in diesem doch behutsamen Treiben und er glaubte, es sei seine Schuld. Zum Bahnhof war er gegangen, ohne dass dieser sein Ziel gewesen war. Schon von weitem sah er ein sinnvolles Abfahren und Ankommen der Züge. Ein Teil des Lebens fand hier statt, an dem er gern Teil genommen hätte. Er dachte, wie gut es wäre, zum Bahnhof gegangen zu sein, um Hannah abzuholen nach einer längeren Zeit des Alleinseins. Wie eine scheue Fremdheit zwischen ihnen zu zerbröckeln begann und sie sich manchmal nur verstohlen aus den Augenwinkeln betrachteten, als wagten sie nicht, zu schnell in das Leben des anderen einzudringen. Als er die Treppe hinauf stieg, sah er die ausgetretenen Stufen aus hartem Gestein, am ehesten noch Granit, herantransportiert aus einem fernen Gebirge. In einer früheren Zeit hatte er die weltweite Distribution von Gütern graphisch darstellen wollen, oder große Finanzströme, als eine Verschwendung, als eine Skizze des Irrsinns. Dann wieder hatte er theoretische Unterstützungen beiseite schieben wollen, um sich ganz nah an die fühlbare Wirklichkeit zu pressen.

Ganz hart und hoch war die Realität des Bahnhofs und der Häuser, als sei alles auf eine Dauerhaftigkeit angelegt. Wie sich der Bahnhof verändern würde, dachte er, wenn er für zehn Jahre stillgelegt wäre. Abbröckelnder Putz, salpeterschimmelige Mauern, still fressender braunroter Rost, matt schimmernde Oxidationen, faulende Hölzer, undurchsichtige Glasflächen, moderne Papiere, verpasste Gelegenheiten: all dies gab es schon. Und es gab auch den verzweifelten Kampf gegen die Verwesungen. Mit einem Finger zog er eine Linie in eine Staubschicht auf einem Stein. Eine Gerade, die an einem Ende abbog, war entstanden, als ein schwarzer Strich in grauer Umgebung.

Eine junge Frau in dunklem Dufflecoat stand neben ihm auf dem Bahnsteig, einen Stapel Bücher zwischen Arm und Brust gedrückt. Ein Buch war zur Hälfte zwischen den anderen herausgerutscht. Mit einem in der Ferne verharrenden Blick setzte sie sich auf eine Bank. Er sah einige Tränen über ihr unbewegtes Gesicht rinnen und vom Kinn auf die Bücher tropfen. Als sich ein Zug näherte, stand sie auf. Er merkte, dass er eine Hand am Ohrläppchen hielt. Es ist, als ob sie ihrem Leben ein schnelles Ende bereiten will, dachte er. Vielleicht ist alles wirklich nur als ob, und das könnte auch wieder eine Hoffnung sein. Bevor eine Entscheidung fallen konnte, ging er die Treppen hinunter und stieg in ein Taxi

Er dachte an Michael, seinen guten Freund. Sein Freund Michael. Sie waren zusammen mit der Bahn zur Universität gefahren und als sie ausstiegen, war Michael über den Bahnsteig gelaufen und gleich vor einen einlaufenden Zug gesprungen. Eine Menschenmenge hatte dann ein Entkommen unmöglich gemacht.

Der Taxifahrer war ein Ausländer, Student, und nickte, das ist ein trauriges Land. Ob traurig das richtige Wort sei. Der Fahrer behauptete, einmal gefoltert worden zu sein, doch ebenso schlimm sei es, gefoltert werden zu können. Am besten sei es, eine unabhängige Variable in einem zeitlosen Koordinatensystem zu sein. Während der Fahrer redete, hörte er schon nicht mehr auf die Sätze. Als er aus dem Taxi stieg, stolperte er und fiel. Ein Bekannter hatte Ähnliches erlebt, humpelte seitdem und war immer bösartiger geworden. Der Fahrer lachte freundlich. Es war gleichgültig. Staunend sah er eine Nässe, die sich auf der Hose auszubreiten schien. Gelbe Sandkörner hafteten eine Zeit auf dem blauen Stoff, dann rieselten sie am Hosenbein herunter. Weiche Wärme wehte wohltuend um seine kalte, klamme Kleidung, als er am Eingang eines Kaufhauses vorbei ging. Eine Sehnsucht war in ihm gewesen, unter all den Menschen zu sein, auch an ihrer Geschäftigkeit teilzuhaben. Eine Frau trat mit einem zufriedenen Gesicht aus einer Drehtür. Später hatte er gelesen, dass kurz zuvor ein Mann mit einem Messer im Kaufhaus auf Kunden eingestochen hatte. Es hatte auch einen Toten gegeben.

Wieder war nichts wie wirklich, doch er dachte, so könnte es gewesen sein. Die Menschen taten, als sei nichts. Ihre Gleichgültigkeit hätte ihn ärgern müssen. Eine Kellnerin mit einer weißen Schürze stand rauchend im Eingang eines Restaurants. Sie blickte ihn stumm und wie unbeteiligt an.

Hinter einem Fenster lagen Teile von Fischen auf zerstoßenem Eis, es war ein kühl gekacheltes Fischgeschäft. Schwarznasse Aale umschlangen sich mit ruhig gleitenden Bewegungen oder zuckten unkontrolliert. Eine alte Frau rieb sich mit dem Handrücken über das zerfurchte Kinn und überlegte, was sie kaufen sollte. Wie eine Beobachtung war es, die nicht von ihm sein konnte. Hinter einem Fenster wurde von einer Verkäuferin ein bunt gestreifter Regenschirm geöffnet und wieder geschlossen.

Als er das Sirren der Autoreifen auf dem nassen Asphalt gehört hatte, war er in eine Buchhandlung gegangen. Ohne eine Entscheidung fällen zu können, hatte er vor einem Regal gestanden. Ungewollt hatte er ein Buch aufgeschlagen und zu lesen vorgetäuscht. Er hatte auf einem Hocker gesessen, seine Augen folgten den Zeilen, ohne dass er wusste, was er las. Jemand hatte Entschuldigung gesagt, woraufhin er einige Sätze aufgenommen hatte in sein Denken. Eine stille Verlogenheit hatte er bemerkt, als von einem kristallenen Frühling die Rede gewesen war. Silberne Flüsse in einem grünen Land, friedlich ohne Bäume, uneingeschränkte Weite durchklirrt von gläserner Luft. Blutrote Rinnsale blieben auch verborgen, ungehörte Schreie des Schmerzes verhallten zwischen winkligen Ruinen ohne Dächer. Ein flüchtiger Gedanke war in ihm an eine erdachte Wirklichkeit, hohe leere Räume voller Bücher, knisterndes Papier in einer zeitlosen Ruhe, nur ein störendes, störrisches Klingeln der Kasse.

Hannah fasste an seine Schulter, ob er noch schliefe. Er habe nicht richtig schlafen können, ein Druck sei auf seiner Brust. Sie wolle ihn nicht erschrecken, Christine habe angerufen, sie wolle mit Annie zu Besuch kommen. Peter sei in England zu einer Tagung über Berufsverbote, speziell für Migranten in zurückgekehrten Zeiten. Hannah machte eine Pause, als wollte sie etwas gesagt haben. Er fühlte sich wie gelähmt, als er an den vor ihm liegenden Tag dachte. Unvorstellbar war ihm, wie er die auf ihn zukommenden Schwierigkeiten bewältigen sollte. Hannah ging wie selbstverständlich in die Küche, um das Frühstück vorzubereiten. Mit ruhigen, sicheren Bewegungen würde sie Teller und Tassen an die vorgesehenen Plätze stellen. Ohne zu überlegen holte sie Brot aus dem Schrank, kaum beachtete sie, dass die Schranktür offen stehen blieb. Das Brot schnitt sie in ungleichmäßig dicke Scheiben und verlor kein Wort darüber. In einer Unbedachtsamkeit stellte sie klares Quittengelee, auch Quark und Butter auf den Tisch.

Als er in die Küche trat, war alles wie für ihn vorbereitet, er sah sich um wie in einer Fremde. Zum Tisch ging er, als müsse er sich den Raum ertasten. Nachdem er sich gesetzt hatte, ging das Deckenlicht schlagartig aus.

Ganz unwirkliche, zitternde Schatten der Holunderbuschzweige vor dem Fenster waren an der weißen Wand, das ferne, kalte Licht der Straßenlaterne leuchtete gleichmäßig zuckend im Wind. Gänzlich anders ein Abend im Gaslamp Quarter. Hannah schaltete eine Wandlampe ein und entzündete eine Kerze, deren Flamme schnell bis zu einer blaugelben Größe wuchs. Während sie Tee in die Tassen goss, sagte sie, wir müssen uns beeilen, wir erwarten doch Christine und Annie. Sie benutzte den pluralis modestiae, als wollte sie ihn in eine ihm unerwünschte Handlung einbeziehen. Zumindest schuf sie Voraussetzungen, die ihm eine Entscheidung abnahmen. Schnell streichelte sie ihm über einen Finger. Dann biss sie in ein Quarkbrot, es sah nicht so aus, als ob sie satt werden wollte. Wieder spürte er schmerzhaft seine ständige Müdigkeit. Nachdem er lange auf das Brot gestarrt hatte, sagte er, er könne nichts essen. Er trank den Tee am Fenster, stehend. Einmal hatte ein Raubvogel eine Katze aus hohem Schnee gegriffen und schnell wieder fallen gelassen. Ein anderer Raubvogel hatte ein Kaninchen gerupft, vor hellgrünen Hemlocktannen.

Zwei Männer gingen mit großen Schritten auf einander zu. Sie umarmten einander in einer Begrüßung, dann hielten sie sich mit gestreckten Armen an den Schultern und sahen einander an, von oben bis unten und wieder bis zum Gesicht. Ein Hund sprang um die Beiden herum, wedelte mit dem kupierten Schwanz und bellte. Hannahs Katze kratzte an der Küchentür, er öffnete die Tür einen Spalt, die Katze wand sich hindurch. Sie schnupperte an der Kühlschranktür. Hannah sagte, in Portugal habe sie einmal auf einer Landstraße hinter einem Trauerzug herfahren müssen. Ein Hund habe ihren Wagen verbellt und sei dann wieder zu den Trauernden gelaufen. Sie habe angehalten und wilde Mohnblumen fotografiert, bis die Schwarzgekleideten von der Straße abgebogen seien. Eine Frau habe sich nach ihr umgedreht. Wie um ihre Verbundenheit mit ihrer Vergangenheit zu beweisen, nickte Hannah, blickte ihn an und sagte, er solle doch endlich etwas essen. Es hatte eine Zeit gegeben, in der ihn diese Fürsorglichkeit geärgert hatte. Hannah wollte noch schnell zu Zweistein ins Dorf fahren, um für das Mittagessen einige Dinge einzukaufen. Ihre Augenlider schoben sich kaum merklich zusammen, als sie ihn ansah, und so entfremdete sie sich ihm für einen Augenblick. Im Vorbeigehen lachte sie durch das Fenster in die Helligkeit der Küche. Sie knöpfte von unten her ihre Jacke zu, kam aber mit dem Zuknöpfen nicht zu Rande, nachdem sie das erste

Knopfloch verfehlt hatte. Plötzlich nahm er sich wahr, wie sein Körper in einer Lächerlichkeit an den Kühlschrank gelehnt stand, eine Hand am Griff des Hängeschranks. Er wollte Hannah zurückrufen können, wollte sie anschreien können, er wollte sich vergessen, im Anfall einer großen Wut, doch er wusste, er würde nichts hiervon tun. Er könnte es nicht tun, nur in einer Anstrengung seiner Gedanken konnte er sich vorstellen, überhaupt etwas zu tun, was über das bloße Überleben hinausging. Wieder ertappte er sich dabei, wie er tief Luft holte, als wollte er sich verzweifelnd den Sinn des Atmens beweisen. Die Katze sah starr auf ihre Schwanzspitze. Der Fensterrahmen zeigte einen ersten, alltäglichen Ausschnitt der morgendlichen Landschaft mit einigen Bäumen, die sich im Deichvorland verloren. In dieses Land wollte er hineingehen, um sich dort wieder zu finden. Nur für sich war er, so allein in der Küche, ohne an sich zu denken, ohne auch an andere zu denken. Die anderen sind schlecht, hatte seine Mutter gesagt, so oft, bis es zu einer Erwartung für sie wurde. Sie liebe ihre Kinder und sie bestehe auf der Unteilbarkeit ihrer Gefühle. Auch die Kinder sollten sich auf sich und die Familie besinnen, äußere Einflüsse wurden in Abrede gestellt. Regelmäßig war die Familie ganz für sich, wenn musiziert wurde.

Hannah schwenkte das Einkaufsnetz mit etwas in Zeitungspapier Eingewickeltem. Sie wolle eine Bouillabaisse kochen. Es war ihm gleichgültig, ohne dass er es sagte. Gleich begann sie, in ruhiger Gedankenlosigkeit die Fische zu entschuppen. Wie sie breitbeinig auf dem Stuhl saß, wie nebenbei die Schuppen vom Messer auf das Zeitungspapier abstreifte, sah es aus, als könne sie etwas erzählen, was mit den Fischen nichts zu tun hatte. Auf einer roten Bodenfliese blinkte eine Fischschuppe, blausilbern, als sei etwas vom Meer in ihr. Er stehe da, als denke er an das Meer, Hannah lächelte wie aufmunternd. Er wollte etwas sagen, auch um auf sich hinzuweisen, dass er noch lebe und doch zu leben wünsche.

Die Kapokfüllung quoll aus einem Riss im Stoff des Kaminsessels, mit geduldiger Gewalt. Noch bevor er den Satz beendet hatte, erschien er ihm wie eine Ausrede, auch ganz unnatürlich und der Situation nicht angemessen. Hannah wusste sowieso von dem Riss im Polster. Ihr fiel ein, dass Annie keinen Fisch essen mochte, angeblich noch niemals welchen gegessen hatte. Hannah hatte mehrere Jahre keinen Fisch gegessen, nachdem sie sich einmal an einer Gräte verschluckt hatte und rot oder blau im Gesicht geworden war. Auch ihre Tante Ilse hatte das Gleiche erlebt. Die Katze drückte die nur angelehnte Küchentür auf und legte sich neben Hannahs Füße, erwartungsvoll und wie unbeteiligt. Er streichelte über das dunkle Fell im Nacken und Hannah nannte es schlimm, wie zärtlich er zur Katze sei. In ihm war wieder eine Angst vor den langen Tagen des Sommers. Als sei ihm eingefallen, was er noch zu erledigen hätte, sagte er ach und ging aus dem Haus. Auf einem Fahrrad fuhr ein junger Mann vorbei, der ihm gefiel, ohne dass er den Grund wusste. War es das Aussehen, die lang wehenden blonden Haare oder waren es die kräftigen, entschlossenen Tritte in die Pedale.

Aus dem abgestorbenen Gras der ungemähten Wiese ertönte eine Art geheimnisvolles Quatschen und Rauschen. Der Rauch aus dem Schornstein zerwehte schnell im Wind. Eine alt und farblos gewordene Zigarettenkippe klemmte in einer Astgabel des Holunderbusches. Irgendwann würden unglaubliche, schwarzperlende Dolden prall und träge an den Zweigen schwanken, nicht nur Tropfen voll irisierendem Licht, das nur mühsam durch die Wasserhaut gebändigt wurde. Dieser dünne, zerbrechliche Glanz, der in einer Unachtsamkeit gleich zerstört wurde, und lediglich eine harte Wirklichkeit blieb zurück. Schnell flüchtete er in die Küche, wobei das Wort flüchten unangemessen wirkte. Hannah stand über den Tisch gebeugt, in grünen Höckern krümmte sich ihre Wirbelsäule unter dem Pullover. Sommerlich provenzalischer Duft begann den Raum zu füllen, als sie eine Fenchelknolle zerschnitt. Traurig lachend fragte sie, ob er noch an den Bauernhof nahe Orange denken könne. Unter dem Deckel eines Topfes züngelte kurzlebig Dampf hervor.

Eine Erinnerung tauchte zusammengeschrumpft wie ein Filmausschnitt in ihm auf, der Schlangenbeschwörer mit der schwarzen Kobra dicht vor dem Mund, auf dem Djemaa el Fna. Auch ein flüchtiger Geruch nach thé du menthe, sie waren in ein Café gegangen, der Inhaber hatte sich zu ihnen auf einen der wackligen königsblauen Hocker gesetzt, ein Franzose namens Michel Crouste, hatte sie gebeten, auf dem Rückweg in Frankreich ein Paket für ihn abzugeben. In Meknès hatten sie es aber doch bei der Post aufgegeben. Oder war es in Kairouan gewesen? Was war mit Kerouac? Hannah war auch über eine blinde Bettlerin gestolpert, dabei war die Tagine zerbrochen, die sie gerade in den Souks gekauft hatten. Die Tochter der Bettlerin hatte die Scherben zusammen gesammelt und in eine Ecke geworfen, in der Kot und Obstabfälle unter einer Staubschicht lagen. In seine Gedanken verloren, sah er Hannah heißes Wasser aus dem Topf gießen. Sie schüttete die gekochten Fischköpfe in den Futternapf der Katze, wo sie noch eine Weile um einander rutschten.

Mit einer ihm unbekannten Bewegung strich Hannah sich mit dem Handrücken Haare aus dem Gesicht. Als sie wieder über ihre Augen fielen, bat sie ihn, die Haare mit einem Lederband zusammen zu binden. Er war so verblüfft, dass er es tat, ohne darüber nachzudenken. Unter ihrem Ohrläppchen sah er eine Falte und einen dunklen Fleck in der Haut.

Sie stellte den Futternapf in die Diele. Als er zum Briefkasten an der Gartenpforte ging, dachte er daran, dass Hannah gesagt hatte, er solle doch nachsehen, ob Post im Kasten sei. Zwei Briefe für Hannah fand er, eine Zeitung und Wurfsendungen. Ihm fiel ein, was er noch alles zu erledigen hätte und in einem Schrecken lief er ins Haus zurück. Wie gelähmt fühlte er sich. Wörter durchzuckten ihn, die er nicht behielt, und eine Angst war in ihm, seine Angst.

Die Katze sah kurz von einem Fischkopf zu ihm hin, dann fraß sie schon weiter.

Während er auf der Toilette saß, fuhr auf der Straße ein Auto langsam vorbei. Der Wasserhahn über der Badewanne tropfte in regelmäßigen Abständen, unter dem Hahn hatte sich in der Wanne ein brauner Fleck gebildet. Nach einer Zeit hörte er sein Herz in der Geschwindigkeit des Tropfgeräusches schlagen. Auf den schokoladebraunen Bodenfliesen waren käfergroße helle Flecken wie hingespritzt. Ein Auto hielt vor dem Haus, nachdem der Motor noch im Stand gelaufen war, wurde er abgestellt. Das Herz schlug jetzt schneller, als die Tropfen fielen, in den Ohren pulste das Blut. Er hörte eine Frauenstimme, Christine rief euoi oder eoui, da sind wir, dann gab es nur noch ein Gemurmel. Darauf folgte eine Zeit, die später ganz leer schien.

Mit einer bedachten, bedächtigen Bewegung drückte er die Türklinke hinunter und trat über die Schwelle, in die Küche.

Christine kam gleich auf ihn zu und zerstörte so den Moment des Wiedersehens. Annie sah ihn aufmerksam an, mit etwas zusammengekniffenen Augenlidern. Kaum fühlbare Erregungen waren zwischen ihnen, Christine richtete einen Gruß von Peter aus. Später würde sich niemand an besondere Beobachtungen erinnern können, obwohl die Begrüßung eindrucksvoll blieb. Hannah verhielt sich kaum, sie lehnte mit einer Schulter an der Wand und hatte beide Hände in die Taschen ihres Kleides geschoben. Sie lächelte, sie lächelte immerzu. Draußen vor dem Fenster bewegten sich die Holunderbüsche als Lebewesen. Unterdessen und wie beiläufig erzählte Christine schon von Peter, mit dessen Berufsverbot kein Staat mehr zu machen sei, nur noch halb volle Säle. Kaum noch Betroffenheit in der wie unbeteiligten Bevölkerung. Natürlich gäbe es aktuell andere Probleme, aber die Geschichte müsste doch zumindest erklärt werden, wenn schon nicht geklärt. Hannah fragte Annie plötzlich, wie lange sie bleiben wollten. Sie wussten es noch nicht, mit ihrem korsischen Gleichmut hob Annie langsam die Schultern und ließ sie ebenso langsam wieder sinken. Ihr Großvater war auch in einem KZ gestorben. Es habe dann ein Recht gegeben, SA und SS im Autokennzeichen abzulehnen, ebenfalls HJ und NS, hatte Annies Mutter einmal erzählt.

Er nahm immer mehr zurück von seinen Ansprüchen. Versteckte sich hinter fadenscheinig konstruierten Argumenten, sagte auch, er wolle Annie und Christine den Deich zeigen und das Wasser. In jedem Fall wollte er ein Gespräch über ihn selbst nicht möglich werden lassen. Die Situation war ganz unwirklich geworden in ihrer Wirklichkeit, als würde eine Szene geprobt, in der alle Beteiligten im Rahmen ihrer Rollen improvisieren konnten. Christine sah Hannah so offen an, als wollte sie ihre Vergangenheit gar nicht verleugnen, als habe sie nichts zu verbergen. Als wüsste sie, woher sie kommt, dachte er. Annie schenkte Hannah ein Triptychon, das Hannah mit gestreckten Armen von sich hielt und mit schräg gelegtem Kopf betrachtete. Niemand wagte etwas zu sagen. In ihm waren eine stille, schlimme Einsamkeit und zugleich der Wunsch nach einem Menschen. Bei einem Menschen zu sein, ja, bei einem Menschen zu sein, war alles, was er dachte.

Annie bemerkte einen Geruch nach Kochfisch und Hannah sagte gleich, für sie gebe es etwas anderes zu essen. Die drei Frauen lachten und er glaubte, voll Staunen, eine ganz leise Zärtlichkeit für sie zu spüren. Christine rauchte ihre Pfeife, wie eine Frau, und der süßliche Duft füllte schnell die Küche, fast ein Geruch nach glimmendem Sandelholz. Wieder sagte er, später wolle er Annie und Christine das Wasser und den Deich zeigen. Beides. Und beide Seiten. Und die Weite der Landschaft und wie sich Blicke weiten konnten, bis sie sich beschränkten in einer Wortlosigkeit. So fremd war er sich geworden, dass er sich mit einem ungläubigen Staunen zuhörte. Christine behauptete, er habe sich überhaupt nicht verändert, und er sagte, leider doch. Herr Keuner war erbleicht, als ein Bekannter ihm sagte, er habe sich in einer Zeit nicht verändert. Das Tropfen, Trommeln, Rauschen des Regens war am Fenster, als sie so in sich hinein horchten. Es gab recht eigentlich keinen Grund zu lachen. Er konnte sich auch keinen Grund denken.

Vor dem Fenster im Winter verringerten sich Intensität und Anzahl der Farben, auch die Geräusche nahmen ab. In die Stille hinein hörten die Frauen mit einem Erstaunen, ich werde die heutige Deichwache absagen. Ich will das Werden der Alltage durchbrechen. Annie behauptete die Möglichkeit einer schönen, einer sagenhaften Zeit. Schnell sagte Christine etwas von gemeinsamen Hoffnungen. Die Situation in der Küche war plötzlich verworren und die Menschen verwirrt. Hannah lehnte noch immer mit einer Schulter an der Wand und hatte beide Hände in die Taschen ihres Kleides geschoben, als sei die Zeit spurlos an ihr vorbei gegangen. Als könne sie sich der Logik des Fortgangs der Geschichte entziehen.

Annie und Christine gingen ihr Gepäck aus dem Wagen holen. Wie um einer Peinlichkeit zu entgehen, rührte Hannah mit abwesenden Blicken die Fischsuppe im Kochtopf mit einem Holzlöffel. Nur noch einzelne, unverbundene Ganzheiten gab es. In einem Topf mit Wasser spiegelte sich kupferstichartig das vertrocknete Heidekraut auf dem Fensterbrett. Dampf kondensierte auf dem Fensterglas zu Tropfen, die nach oben hin immer kleiner wurden. An einem Nagel hing ein Tauchsieder. Hannah sagte, sie könne es nicht glauben.

Ich will das Unglaubliche nicht wahr haben. Ich wollte nicht glauben, was möglich ist.

Krüppel verkauften Zeitungen, ganze Beine fehlten, Blinde boten Lose an, sie lächelten gleichmäßig dankbar. Kinder wühlten vor Hochhäusern in Mülltonnen nach Essbarem, nach noch Verwertbarem. Werte wurden verdächtig, die als unantastbar gegolten hatten. Ich sah rissige Fersen. Einem alten Mann floss Eiter aus einem trüben Auge breit über das Gesicht. Einige Fliegen hatten die ausgefranste Wunde am Hinterkopf einer fetten Frau erobert und schleckten genießerisch. Meine Abscheu vor dem Wort schlecken war plötzlich verschwunden. Ich sah auch Schilder mit deutschen Namen, auch Firmenschilder, die mir bekannt sein mussten. Schmutzige Armut wurde, wenn möglich, abseits der Hauptstraßen gehalten. In Trinidad schützte eine hohe Mauer die Staatsgäste vor den Blicken in das Elend. Ich kaufte eine bemalte Frucht Para la buena Suerte. Christine nickte ja, ja.

Hannah rückte die Teller auf dem runden Tisch in eine symmetrische Ordnung. Sie hatte die Tischdecke in einem indianischen Muster gewebt. Annie wollte sich lobend äußern und sagte, die Decke sei schön. Ich war jetzt ganz in die Wirklichkeit in der Küche zurück geholt. Das Unnatürliche meiner Gesten und Mimik versuchte ich zu vermeiden, indem ich möglichst verharrend mit unbewegtem Gesicht saß. Als ich von meiner zeitweiligen Furcht erzählte, mit einem Brotmesser mit Wellenschliff erstochen zu werden, wollte niemand etwas sagen. Auch der Gedanke, ein Gewehrlauf würde sich durch das einen Spalt breit geöffnete Küchenfenster schieben, ließ die Frauen unberührt. Christines braune Augen sahen beruhigt von einem zum anderen, suchten die Blicke zu treffen, bevor sie sich weiter tasteten, als gebe es ein Geheimnis. Wir kannten uns zu lange, als dass es etwas zu verheimlichen gab. In mir war noch eine Furcht vor einem Gespräch, das mir unangenehm werden könnte. Ich ging dann in die Diele, um mehrmals eine Flasche Mineralwasser zu holen.

Als ich wieder in die Küche zurück kam, war noch eine kurze Rede von der Begründung zu Peters Berufsverbot. Und Bernhards Fall. Aber die Geschichte war doch so alt, wie vergessen. Annie sprach angenehm abstrakt von seinem Fall. Eine gemeinsame Sorge sollte nach Hannahs Meinung dem Hochwasser gelten. Sie sah mich an. Ich zählte wieder mögliche Folgen auf. Wie der Deich unterspült wurde. Wie sich Qualmwasser hervor tat, ein schmales Rinnsal bildete, das zu einem noch friedlich plätschernden Bach anwuchs, der sich gierig zu einem mitreißenden Strom ausweitete. Wie mannsgroße Erdbrocken mitgewirbelt wurden, die bald zerbrachen, schließlich zerkrümelten und verschlammten. Wie Gräser und Büsche herunter gedrückt wurden und wie geduckt liegen blieben. Wie groß gewachsene Bäume aus der Erde gedreht wurden. Wie Menschen und Tiere aus dem Land vertrieben wurden, während Schleim und Schlamm in die Häuser eindrang, unbehelligt auch durch spitzzackige Fensterscherben. Wie Schreie vom Wind zerweht wurden. Wie Fische gleichgültig wie auch Menschenkinder getötet wurden, in dornigem Gestrüpp und unter einstürzenden Dächern. Wie Balken baumlang in dem Matsch stecken blieben. Wie das große Land von einer schimmeligen Fäulnis überzogen wurde. Wie kein Ende des Leidens zu sehen war und immer neues Wasser vom Strom nachdrang. Und wie sich der Fluss Platz verschaffte. Als ob er sich ein Recht nahm. Wie gerade abermals in Peru. Christine nickte wieder ja, ja, als wolle sie nach allen ihren Erfahrungen noch immer auf ihrer Individualität beharren. Aber nach jedem Vulkanausbruch würde aus der Lava neues Leben hoffnungsvoll entstehen. Als wollte sie meine Geschichte nicht hören. Ich glaubte auch nicht, ihr meine Trauer begreiflich zu machen, noch weniger das, was ich ganz fälschlich Trauer nannte. Annie gestand, überhaupt nichts verstehen zu wollen. Sie schlug vor, gemeinsam zum Deich zu gehen, um sich die Sache einmal unvoreingenommen anzusehen. Die Katze schärfte sich in der Diele an einem Balken die Krallen.

Beim Anblick des kupfernen Himmels sagte Hannah, auf dieser Erde leben wir. Viele Gedanken waren jetzt ganz weit weg von mir. Ich wollte auch viele Gedanken nicht denken. Schnell sah ich um mich. Christines braune Augen. Ein Eichelhäher floh kreischend vor uns weg aus einem Baum. In einer Ferne begrenzte der Deich die sichtbare Welt. Aufgeweichte Fußabdrücke führten auf die dunkle Erde eines umgepflügten, noch nicht geeggten Feldes. Annie konnte sich schon ein weithin wogendes, rauschendes Weizenfeld einbilden. Ich versuchte mir vorzustellen, wieder mit Hannah zu schlafen. Annie sagte, sie habe meine Mutter im Theater getroffen. Iphigenie. Meine Mutter habe die katharische Wirkung der Aufführung hervorgehoben. Ganz plötzlich tauchte ich nur ganz kurz in meine Kindheit ein, ein schmerzhaftes Ziehen nur.

Ich glaubte Schulthoff auf dem Deich zu erkennen. Auf Hannahs gelber Gummijacke gab es dunklen Abrieb. Christine entzündete hinter dem Windschutz ihrer gewölbten Hand eine Pfeife, was mir auch ganz unwichtig war. Sie wolle gern im Ausland leben. Unser Gang zum Deich schien mir sinnlos und zu einem Spaziergang zu werden. Mir fiel ein, dass Türken gern das Wort spazierengehen benutzen, in einem umfassenderen Sinn als Deutsche. Gleich dachte ich auch bir, iki, su, ekmek. Die anderen Moslems unterstellte Unsitte, Koteletts zu essen, die gute Sitte, Schweinefleisch zu verabscheuen. Daran anschließend die Unterscheidung in gute Moslems und schlechte Moslems. Eine offene Art der Bewunderung für dicke Bäuche, wie mein Vater sie in den fünfziger Jahren den so genannten Wohlstandsbäuchen zugeschrieben hatte, ein abgenutzter und fast schon vergessener Begriff. Das Pluraletantum selbst war schon Vergangenheit. Ahmed als Respektsperson seiner Gruppe an der Universität, The Leader of the Gang. Frühere frühe unvergleichliche Gastfreundschaft in der Türkei, Syrien und Algerien. Später dann mordende Banden.

Hannah wies uns auf ein vergessenes Gurkenfeld hin und in einer Einigkeit sahen wir auf die wie im Kriechen erstarrten Ranken, deren Grün im Winter einem grauen Gelb hatte weichen müssen. Einige Gurken lagen matschig und breitgeflossen herum. Zwischen dem Gurkenfeld und dem angrenzenden Acker war verformt eine v-geformte Furche gezogen. Weidezaunpfähle waren über das ganze Land verteilt und Bretterhütten deuteten die Nutzbarkeit der Äcker an. Weithin verloren sich unsere Blicke in der Landschaft.

Ich versuchte mich weiterhin abzulenken. Ein Baum war in halber Stammhöhe abgeknickt und zerfaserte unaufhörlich. Laut Manfred hatte ein Blitz einen Weidenbaum mit einem Knall zersplittern lassen. Hannah sah, wie sich zwei Vögel in einem Taumel durch die Luft jagten. Der Strom floss ganz ruhig. Hannah sang illusionslos We shall live in Peace, als habe sie eine Erinnerung und Annie lachte, ihre Stimme sei glockenhell. Irgendwann später auf der Beerdigung sangen sie We shall overcome. Dann lachten alle drei Frauen. Ich glaubte plötzlich daran,

146

dass sich mir alles entfernt hatte. Wie eine Vergangenheit mich nicht mehr betraf. Auch als einige Äste an uns vorbei schwammen, schien es mir wenig bedeutend. Ein Stück eines Astes kreiselte in einem Strudel, bevor es anderem Holz hinterher trieb. Wir waren so dicht an einer Wirklichkeit, als alles gerade geschah. In haltlosen Erweiterungen dachten wir uns in die Landschaft, fühlten wir uns in einer Ferne wieder, die auch nur ein Spiegel war. Es gab uns also wirklich, leider gab es uns wirklich. In Wirklichkeit gab es uns leidend. Hannah erzählte die Geschichte von einem Mann, der angelnd in ein Wasser gekippt war, ohne einen Ausdruck des Erstaunens. Annie wunderte sich, eine fabelhafte Geschichte. Ganz vorsichtig ging sie mit den Wörtern um. Eine fabelbehaftete Geschichte. Ich wusste schon, wie es weiter ging, doch ich sagte nichts. Vielleicht würde es auch noch Zwischenfälle geben, unvorhersehbare Ereignisse. Oder ein jähes Ende der Geschichte. Weil ich sehr in mich gekehrt war, hatten sich die drei Frauen von mir entfernt. Hannah murmelte noch, manchmal weiß ich nicht weiter, dann hörten wir die Streifgeräusche unserer Schritte auf den winterlich grausträhnigen Grasresten.

Auch dies war nur ein Überbleibsel einer Zeit. Langsame, schleifende Geräusche, wie aus einem Hintergrund. Unbewegliche Landschaften. Die Evasion des Lebens. Unsere Schatten so vereinzelt, dunkel auf dunklem Wasser flackernd. Mit einer kaum ausholenden Bewegung legte Annie einen Arm um Christines Schulter und ich merkte schon, wie Ansprüche an mich gestellt werden würden, die ich nicht erfüllen konnte. Hannah fragte mich, ob wir umkehren wollten, den Weg zurück gehen. Bis zur Beobachtungshütte kamen wir noch. Unterwegs schoben sich die Wasser an uns vorbei. Eine neue Eintragung von Schulthoff, mit dem Wasser steigende Gefahr. In der engen Hütte standen wir ganz bei einander und spürten unsere Körper. Schnell beschlugen die Scheiben und ein altes Warum wurde auf dem Glas sichtbar. Ich deutete auf eine dünne Staubschicht auf dem Fensterbrett. Es gab viele Gründe, der Vergangenheit zu entfliehen.

Christine erzählte, sie sei einmal bei Sête gewesen, noch als Schülerin, dort gebe es auch einen langen Deich. Ein Damm zwischen Land und Meer. Das Land sei eine sirrende, flirrende Weite bis hin, wo es einen seicht blauen Übergang gab in eine begrenzte Ewigkeit, eine ewige Endlichkeit. Wie ich gehen könnte ohne ein Ende. Der Abend nahm die Farben aus dem Land, es regnete nicht mehr. Der Himmel dehnte sich in einem fernen Tintenblau, fast schwarz mit stechenden Helligkeiten der Sternenpunkte. Der Fluss glänzte wie heißer Teer. Christine sei vor einer Zeit von einem Freund geliebt worden und habe ihn dann in Süddeutschland aus den Augen verloren. Nicht nur ich glaubte ihre Geschichte. Annie habe den Freund kennen gelernt. Hannahs Haus lag dunkel an die Erde gedrückt, damit der Wind darüber hinweg gehen könnte. Fern war ein goldenes Licht am Himmel, vielleicht ein Feuer, die Nacht verglühte in einer Endlosigkeit.

Das Haus nahm uns in sich auf, jetzt gab es außen eine Dunkelheit, wir waren umhüllt von der Nacht. Die Frauen begannen sich in der Diele zu bewegen, ihre Hände strebten nach oben wie schnell wachsende Ranken, als wollten sie Unerreichbares greifen. Jetzt hörte ich auch die Musik. Sie tanzten und zwischen ihnen war eine Gemeinsamkeit, die mich sogar hoffen ließ. So eine Ähnlichkeit, als gebe es eine Regel und nichts sei zufällig. Es war wie ein Satz von Karl. Später beklagte

Hannah, dass ich seit langem nicht mehr tanzte, wie ich Vieles nicht mehr wollte. Ich wollte auch Vieles nicht wissen, niemals. Ich sah mich still im Sessel sitzen, den Kopf zurück gelegt an die hohe Lehne. In kleinen Bewegungen schwankte das Bein, das ich übergeschlagen hatte. Hannah hatte den fünfarmigen Leuchter entzündet, Tropfen glitten an den Kerzen herunter. Die Schatten stuften sich in fünf Dunkelheiten vor mir ab. Ruhig sich wiegende Figuren, flächig und dem Licht davon eilend. Annie drehte sich wie suchend um gedachte Punkte. Es gab keine Vorhänge am Fenster und angstvolle Blicke konnten hinaus dringen in dunklen Raum, den es schon nicht mehr gab. Ein schwarzes Loch voll Energie. Viele Möglichkeiten hatten dort Platz, von denen ich nur noch nichts wusste. Auch war in mir eine Angst, Hannahs Blick zu mir war schon nicht mehr, als ich ihn sah. Die drei Frauen hinterließen Bewegungen, die sich umschlangen zu dichten, raumfüllenden Einigkeiten. Ramifizierende Einfühlung oder aber doch zumindest, zweidimensional, die Ziselierung ihres Erlebens. Als ich stand, schienen mir die Lichter im Fensterdunkel wider. Auch mein Gesicht sah ich. Der Beginn eines Gedankens, welche ungeahnte Wichtigkeit mochte darin liegen nach einer Zeit, zugleich auch die Vermutung einer Unwichtigkeit. Wie ich einmal in den Sommerferien geglaubt hatte, ein Tag würde sich entfalten voller Leben. Wie ich einmal geglaubt hatte. Wie ich dem Tag nachgespürt hatte. Wie ein Leben sich anfüllte mit Tagen.

Die Kälte des Morgens mit Gräsern voll Tropfen der geheimnisvollen Nacht. Hubert mit seinen früh reifen Vorschlägen. Wie die Tage uns mit sich zogen, wie die Mütter eine Ordnung in die Zeit brachten, wenn sie uns zum Essen riefen. Wie Huberts Vorstellungen sich in mittagswarmem, sommerhohem Gras im Park in eine Realität verwandelten. Auch Grashüpfer gab es, kleine braune und große grüne. Wie wir uns auch vor den Eltern der Mädchen fürchteten. Wie mich irgendwann später in einer Wiese mit Grashüpfern eine Erinnerung plötzlich wie ein Schrecken befiel und wie ich mich jetzt schnell aus der erinnerten Erinnerung heraus dachte, als mein Blick aus dem Dunkel hinter dem Fenster auf die drei Frauen fiel. Hannah hatte mich gefragt, ob ich mitkommen wollte in die Dorfschänke.

Ganz willenlos ließ ich mich treiben von meinem Gedanken, an einem der nächsten Tage zum Arzt in die Stadt zu fahren. Mit einem Erstaunen hörte ich mir zu, als ich im Präsens dachte, der Arzt im Dorf ist schon sehr alt, er ist ein Landarzt. Hannah, Annie und Christine drückten draußen ihre Köpfe in gespielter Neugierde an das Fenster. Flach tauchten ihre Gesichter aus der Dunkelheit auf, schwammen schon lachend seitlich weg. Einmal auch hatte Hannah über sich gelacht, als sie sich versprochen hatte. In mir war der Wunsch zu schlafen, bis ich in einer Frische und munter aufwachen würde. Als ich die Kerzen ausblies, blieben rote Punkte im nächtlichen Schwarz. Ich wollte weg von mir, hin zu den Frauen, doch ich blieb sitzen, nichts konnte ich tun. Um nicht an Gewesenes zu denken, ging ich, um ein Feuer im Kamin anzufachen. Sehr allein war ich im Haus. Daran dachte ich. Gelbes Licht begann die Diele zu füllen, ein Knistern sprang aus dem Kamin. Aus dem Schrank nahm ich eins der Bücher, die Hannah ihrem kynischen Landleben gestattete. Ich sah schöne Bilder von endlosen Weiten.

Der Trondheimfjord, blau und blau. Der Tanezrouft. Gelb und blau wie zwei zu eins. Die Gleichmäßigkeit war mir wie eine Idealisierung der

Natur. Der goldene Schnitt. Ein unerreichbarer, unfasslicher Horizont, wie ein Kreis. Um uns war eine Stille und in mir eine große Ruhe so, dass ich in diesem fernen Schweigen nicht mehr auf mich hörte. Ein Gefühl des Lebens im Toten. Ein leises Singen kam uns in die Ohren und wir lauschten nur, weil wir das Nichts hören wollten. Samtdunkler Himmel wölbte sich wie eine gläsern dünne Schale über uns, wir verschwanden in einer Zeit, die so unendlich groß war. Es hatte uns nie gegeben und wir waren ohne Angst. Unsere Vergangenheiten waren so fern, dass wir sie vergessen konnten. Erst später würden wir sie neu und schlimm entdecken müssen und mit ihnen leben. Wir waren in einer Zeit, die ganz allein war, wir waren. Der Raum kreiste um uns, wie alles verbindend, auch eine Zukunft war schon vorhanden.

Als ich die Augen aufriss, spitzelten blau gelbwerdende Flammen in das Kamindunkel. Schwarze, graue Asche würde auf dem Rost liegen bleiben. Ich musste fort.

Draußen schwieg kalt wartend die Nacht. Die Katze sprang schattenhaft einen Baum hoch. Wie würde ich mich den Ansprüchen, die an mich gestellt würden, versagen können. Ich würde versagen. Wie könnte ich mich heraus reden aus der ganzen Geschichte. Wenn jetzt die Frauen kämen und Hannah mich zur Rede stellte. Ich fragte mich, was denn eigentlich geschehen war. Keine Antwort war mir ausreichend, doch immerhin denkbar, dass ich mich nicht mehr auf mich verlassen konnte. Ganz verloren glaubte ich mich, als ein Wind bedeutungsleer um mich wehte und die Äste der Bäume sich viel zu langsam bewegten. Wie sollte ich mir denn glauben können, wenn ich von Liebe sprach. Ich empfand auch nichts mehr für mich, unglaublich war mir ein Ende der Leere in mir. Wie ein Glück rief dann eine Männerstimme, ganz menschlich. Ein Geschehen versuchte ich mir vorzustellen, das logisch war und voll Sinn. Annie und Hannah kamen um die Hausecke. Und Christine. Ein Mann hatte sie von der Gastwirtschaft bis zu Hannahs Haus begleitet. Die Frauen lachten so, wie sie nicht sein konnten. Als habe es eine Zeit nicht schon gegeben und als seien Dinge nicht geschehen, von denen sie wussten.

Doch ich wollte ja, dass sie mich belogen, so wie ich mich betrog. Ich war ihnen dankbar. Ich machte ihnen vor, wie die Katze den Baum hinauf gesprungen war und ich musste nicht lachen, als sie mehr lachten. Ich konnte auch nicht lachen. Sie hatten Rotwein getrunken und Bier. Als ob es mir wie ein Verrat sei, öffnete ich die Tür. Die Frauen küssten sich für die Nacht. Annie und Christine wollten gleich schlafen gehen. Christine habe zu viel Wein getrunken. Hannah forderte eine Rechtfertigung für ihr Verhalten, sie wolle früh aufstehen, deshalb sollten wir uns auch schon schlafen legen. Bleischwer fühlte ich meinen Körper, dass ich hoffte, wieder schlafen zu können. Endlich wieder zu schlafen. Das Unwahrscheinliche schien wahr. Wenn wir zur Zimmerdecke hoch sahen, war nur ein schwindendes Weiß über uns. Aus dem Nebenzimmer klang ein Stöhnen und in mir war groß und sehnsuchtsvoll der Wunsch, das Leben genießen zu können.

Zugleich gab es wieder die Angst vor dem Morgen, unmöglich schien das mañana. Ich musste hörbar atmen und Hannah legte ihre Hand auf meinen Arm. Sie behauptete, mir geschehe doch nichts. Und ich geschah auch kaum noch, doch das verschwieg ich ihr. Schnell wollte ich mich in eine gemeinsame Vergangenheit retten und als mir nichts einfiel, was einen Zusammenhang zwischen uns hätte herstellen können, schaltete ich die Lampe aus, als sei nichts Wichtiges mehr zu erwarten. Als ich wünschte, dass Hannah einschlief und mich allein ließ, hörte ich sie bald gleichmäßig atmen und schlafen. Die Luft, der Raum war so dunkel, ich wollte nicht mehr atmen. Mir sollte Hören und Sehen vergehen, ich zog die Decke über den Kopf. Ich wollte endlich schlafen. Eine unhörbare Ruhe finden. Kein Satz fiel mir ein, der mir half, nichts stieß mir auch zu.

Einmal hatte ich gehört, dass eine Frau sagte, eine Zeit sei die schönste ihres Lebens gewesen. An keinem Ort waren wir länger als zwei Tage geblieben und als wir die Koffer packten, verschwendete Hannah keinen Gedanken und ich auch nicht. Ein Feld hatte aus schwarzen und weißen Flecken bestanden im Übergang zum Frühling. Auch war ein Himmel zerfasert gewesen in Streifen aus Zinnober und ehedem königlichem Purpur. Später hatte es ein blutiges Rot gegeben. Und einen eisig eisengrauen Schatten. Einige Bäume hatten als schräge schwarze Schraffuren im Land gestanden. Mit einem kleinen Holzboot war ich hinaus, auf das Meer gefahren und vor mir und in mir hatte ich die Weite, die ich suchte und fürchtete. Nichts wies auf sich hin und ich war ganz für mich. Sterne bewegten sich, ohne dass es mich beunruhigte. Es war, als habe eine Welt mich hinter sich gelassen. Als sei ich heraus gefallen aus dem, was mich gebunden hatte. Irgendwann war ich zum Strand gerudert, ohne es zu bemerken. Dort gab es eine andere Wirklichkeit. Hannah hatte sich Sorgen gemacht. Einen dumpfen Schmerz fühlte ich in der Brust, doch das war mir weniger wichtig. Im Schlaf streckte Hannah einen Arm in die Luft. Ihre Hand ballte sich zu einer Faust. An gewesene Aktivitäten und Tätigkeiten musste ich denken, als ob ich mich über mich wunderte. Unverständliche Wörter murmelte ich ganz leise und ich konnte mir nicht verbergen, wie ich mir fremd geworden war. Was war aus mir geworden. Wörter drangen in meine Gedanken, die mich nicht schlafen ließen. Auch Schmerzen waren wieder in mir und als ich ihnen nachspürte, fand ich eine Schuld an den Schmerzen bei mir. Schlaf! Schlaf, dachte ich. So groß war der Wunsch zu schlafen, dass ich nicht schlafen konnte. Gedanken kreisten störrisch um mich. Leise stieg ich aus dem Bett, ging zur Tür. Hannah rollte sich in eine Fetusstellung. Die Glut im Kamin verbarg sich unter einer stillen grauen Ascheschicht. So lange sah ich in die trockene Luft, bis meine Augen schmerzten. Vielleicht könnte ich doch endlich schlafen. Endlich. Vielleicht würde es ein Ende geben.

Sechstes Tagewerk

Ich verschwieg mir und Hannah, was geschehen war. Sie sollte nicht erfahren, wie die Nacht für mich gewesen war. Aus dem Nebenzimmer kamen Geräusche, wie sie entstehen, wenn ein Bett verschoben wird. Hannah strich mit einem Finger über ihre Oberlippe, als prüfe sie einen Bartwuchs. Der Morgen war so, weil es der Morgen war, das war die einzige enttäuschende Erklärung. Einmal hatte mich ein frühes Vogelgezwitscher geweckt und einmal auch war mir das Licht so durch die Augenlider gedrungen, dass ich erschrocken die Weite um mich gesehen hatte. Schnell war eine Freude in mich gekommen, wie ich als ein Mittelpunkt der Welt den Kreis des Horizontes um mich hatte. Eine beruhigende Stille hatte ich gehört, die mir andere Wirklichkeiten unwichtig machte. Es war mitten in der Sahara.

Nur so hatte ich mich gefühlt, als sich jedes Davor verdunkelte und auch spätere Zeiten unwichtig wurden. Hoch über dem Horizont hatte sich die kalte weißgelbe Scheibe der Sonne aus einem Dunst und über das blasse Blau des Himmels geschoben, ganz unbeeinflusst sah das aus. Ich brauchte auf nichts Rücksicht zu nehmen und musste auch keine Vorsichtsmaßnahmen ins Auge fassen. Nur langsam füllte sich die Luft mit Wärme und gelbe und blaue Farben legten sich auf den Sand und über den Himmel. Wir waren ganz für uns und wirklich in der Welt. Hannah hatte sich in ruhigen Verzögerungen bewegt, als wolle sie nichts stören. Sie fragte, ob Annie und Christine schon wieder wegfahren sollten. Ich fühlte mich schuldig, weil sie meinetwegen fahren würden, also sollten sie bleiben.

Wie die Frauen ganz unüberlegt, fast lachend die Messer in die Brötchen stachen, war eine Gemeinsamkeit zwischen ihnen, die mich abstieß, so dass ich mich beschränkte. Hannah rührte im Kaffee, ohne mit dem Löffel das Porzellan zu berühren und sah mich dabei an. Keine Spur von Häme war in ihrem Blick und mir fiel ein, wie ein Afrikaner gesagt hatte, sie sei eine gute Frau. Jetzt dachte ich auch gleich daran, wie verwundert ich zusammen gezuckt war.

Annie erzählte fortlaufend in langen Sätzen, sie plapperte. Die Rede war von unverzeihlichen Fehlern, welche die Vergangenheit begangen hat und man sitzt herum, als sei man ganz allein. Christine streute Zucker auf eine wässerige Joghurtoberfläche und rührte dann in dem Glas, als denke sie an etwas. An etwas anderes. Trotz allem schien mir dieser Morgen schlimmer als irgend ein Abend zu sein, schlimmer als irgend etwas.

Hannah wollte mit den beiden Frauen in den Wald fahren und ich wusste, sie würde es auch tun. Ich wollte auch etwas tun und blieb sitzen, um zu überlegen, zwischen welchen Möglichkeiten ich mich entscheiden könnte. Ich dachte auch daran, dass niemand mir zusah. Ganz unvermittelt fielen mir bleiche, breite Gräser ein, die sich nass und kalt an schwarzen Waldboden legten. Auch gebräunte, zerknickte Farne und zerfleddertes, kahles Gesträuch, unter dem vielleicht einige Vogelfedern lagen. Oder ein braun gerostetes Autoblech und ein

Gummireifen rund neben Nadelbäumen. Hohe Kiefern könnten langsam schwingen, Äste würden an einander scheuern und schaben, ein Raunen und Flüstern, an Stellen wäre die Rinde oder Borke schon verschwunden. Verschiedene Baumarten seien säuberlich von einander getrennt. Ein Tier hatte einen Haufen hellen Sand auf braune Nadelkissen gekratzt. Christine hatte Blattgerippe mitgebracht, die weicheren Bestandteile waren vermodert. Und hartes, graues Moos, Flechten wie Korallen.

Meine Großmutter, die nie am Meer gewesen war, hatte ein Stück einer Koralle im watteweichen Kästchen im Schrank, sie zeigte es wortlos ihren Besuchern, ihr Staunen war nur zu erahnen.

Ich wollte zum Briefkasten gehen. Stromkabel führten an Metallgerüsten in eine Ferne, den Fluss entlang. Wie meine Blicke und Gedanken fort gingen, fürchtete ich mich und fürchtete ich meine Zeit. Ich fürchtete die Länge des Tages vor mir. Kaum konnte es ein Zufall sein, dass die Postbotin mit dem Fahrrad die Straße entlang kam, als ich in den Briefkasten sah. Sie blickte wie wissend auf mich, mit einem Lächeln, das ihr ein Faltenbündel um die Augen legte, sodass ich in die Höhe eines Baumes deutete. Dort saß ein Vogel und blickte auf uns herab. Nichts reizte mich so, dass ich Worte fand. Schlimmer, nichts reizte mich, sodass ich keine Worte fand. Als wir uns wieder ansahen, sagte die Postbotin, eine Frau im Dorf habe ihr erzählt, ein Mann mit einer Warze an einer Hand habe einen Knoten in einen Bindfaden geknüpft und den Faden vergraben. Die Warze sei verschwunden. Die Postbotin sah mich ganz erwartungsvoll an. Dann fuhr sie weiter, sie war schon am Briefkasten des Nachbargrundstückes, als sie wieder zu mir zurückfuhr und mir einen Brief gab. Ein Zucken der Schultern sollte sie entschuldigen. Als habe sie ein Unrecht begangen. Hinter ihrem Rücken warf ich den Brief in die Mülltonne, ein früherer Freund hatte mir geschrieben. Auf dem verzinkten Deckel des Mülleimers klebten bunte, runde Plaketten.

Im Haus setzte ich einen Wasserkessel auf eine Herdplatte, als hätte ich einen Plan entworfen oder einen Entschluss gefasst. Mit entschiedenen Bewegungen holte ich Milch aus dem Kühlschrank. Schwitzwasser war in feinen Perlen auf der Karaffe. Den Kaffee bereitete ich als Café au lait, eine Menge, als erwartete ich einen Besuch. Dann ging ich zum Mülleimer, nahm den Brief heraus und legte ihn in Hannahs Bücherschrank, ich stellte ihn zwischen die "Nachrichten aus dem Leben eines Lords" und ein kleines rotes Buch ohne Rückenaufschrift. Ich hatte nicht gewusst, dass Hannah Arno Schmidts Bücher las. An ein Bistro beim Markt von St. Quentin musste ich denken und ich hätte doch wütend werden können, dass die Vergangenheit mich nicht in einer Ruhe ließ. Ich glaubte Autotüren dumpf klappen zu hören und gleich ertappte ich mich in dem Gedanken, die Außentür verschließen zu wollen. Hannah hatte den Begriff geprägt, weil die Tür nach außen, in den Garten führte. Sie hatte lautlos gelacht. Die Kerzenflammen hatte ich schon ausgeblasen, mir war kurz schwarz in den Augen geworden. Dann goss ich die Tasse randvoll, als sei nichts Wichtiges geschehen, blieb ich sitzen. Ich dachte an Wörter und versuchte sie zu erleben. Mitgefühl. Glücklich. Lustig.

Mit meinem verzerrten Lächeln wollte Christine auch Kaffee trinken. Eine hellbraune Flüssigkeit war in ihrer Tasse. Zucker rutschte von einem Löffel, versank im Kaffee und löste sich schon auf. Ich war mir auch gleichgültig, ich wollte auch nicht leben. Hannah musste mich erinnern, es war die Zeit meiner Deichwache.

Quer über Wiesen, die einmal Wiesen gewesen waren, und über wintertote Äcker ging ich und vermied so den Weg am Gasthaus vorbei. Immerhin war es eine Hoffnung, Schulthoff nicht zu treffen, auch keinen Menschen sonst. Mit Sorge beachtete ich meine Angst vor den Sommertagen. Ein großer Ast hing an einem Baum herunter, in einem Sturm abgebrochen, als sollte schon etwas angekündigt werden. Hinter dem Deich verbarg sich der Strom und schwarz war die Silhouette eines Mannes vor dem verwischten Grau des Himmels. Nur selten waren Frauen am Fluss, der Strom war männlich. Der Wind winselte und wimmerte in Bäumen, manchmal heulte ein Sturm. Ich wusste aber auch, dass ich aus dieser leeren Weite kam und hierher zurückkehren würde. Das Wasser rippelte sich wie eine Sandwüste im Tanezrouft, ein Anblick wie vor und nach einem größeren Geschehen. Und doch wusste ich nicht, was ich tun konnte. Schon oft war Hannah mir eine Hilfe gewesen, jetzt hatten wir aber schon lange keinen Streit gehabt. Ein Blatt Papier wehte vor mir, blieb auf dem Deich liegen. Verschmierte, nassgewellte Farben, ein Männerkopf, von Kinderhand gemalt, von rechts nach links blickend. Ich glaubte, ärgerlich zu sein und wollte das Bild wegwerfen, ich steckte es dann aber in eine Jackentasche zu einem Brief. Ein Brief meiner Schwester. Elisabeth hatte Kinder, von deren Leben ich ausgeschlossen war. Vielleicht würde sie mit ihrem Mann unsere Mutter besuchen, es war mir nicht wichtig. Einmal hatten sich Elisabeth und Peter gestritten, aus ideologischen Gründen, wie sie sagten. Unter einem Baum tanzten braune Blätter wie in einem Flockenwirbel, ein rauschendes, raschelndes Geräusch könnte hörbar sein, sonst war mein Blickfeld ganz ruhig und unbeweglich.

Dann begannen Wolken zu wandern, der Fluss strömte schon zwischen den Deichen, fast schön hatte ich diese Landschaft vorgefunden. Auch wenn ich an Möglichkeiten dachte, waren es nicht diese, die mich ängstigten. Ich fürchtete mich.

Wie, wenn der Fluss über seine Ufer treten würde, hinauslaufen in das Land, giftige Spuren hinterlassend. Rückstände verhinderten zu leben, verwüstete, wüstengleiche Landschaften blieben. Schulthoff sprach von dauerhafter Kontamination. Geradezu glaziale Schürfungen in einem wie gehobelten Land. Die Häuser im Dorf sahen unbewohnt aus, keine Gardine würde sich bewegen, kein Mensch war zu erblicken, kein Auto fuhr, auch dies war ein Schrecken. Ich wartete, dass sich etwas änderte. Es musste doch etwas geschehen, es war ein Wunsch. In die Beobachtungshütte setzte ich mich und legte ein Bein über das andere. Es war wieder das Gleiche, die Gefahr des Hochwassers vergrößerte sich noch. Rote Adern zogen durch die unbemalt hellen Bretter der Hütte, außen war sie grün gestrichen. Wörter waren in eckigen Buchstaben in das Holz geritzt: Wer dagegen gelernt hat, sich recht zu ängstigen, der hat das Höchste gelernt. Kierkegaard. Splitter waren aus dem Holz gerissen, einige hingen noch an den Buchstaben. Ein Kirchhof mit hohen Linden in Kopenhagen fiel mir ein, Regen war in den haarweichen Blättern getropft. Ein Mädchen in einem langen roten Kleid hatte mich um Geld gebeten, der nasse, schmutzige Stoff hatte um ihre nackten Beine geklatscht und geklebt, eine Zehe hatte gefehlt, Tilia hatte sie geheißen, ja Tilia, sie hatte mich noch auf die Wangen geküsst, erst später hatte ich sie wieder sehen wollen, als es zu spät war. Sie war sich ganz entrückt gewesen zu leben, verzückt, immer gerade jetzt, aus winzigen, wichtigen Episoden fügte sich ihr die Zeit.

Ein Bellen von Hunden war zu hören von irgendwoher. Von Irgendwo her. Schulthoff glaubte ich zu erkennen, mit seinen beiden Hunden Gog und Magog. Als sie näher kamen, wurde es Schulthoff, das wirre lockige Haar ganz grau, die an den Knien rund gebeulten Cordhosen, die Wildlederjacke mit den an den Ellenbogen blankgescheuerten Ärmeln. Hannah hatte einmal gefragt, wann Kinder nicht mehr wüssten, wonach Ellenbogen benannt sind. Ich hatte weinen können. Hannah hatte gefragt, warum ich weinte und ich hatte gesagt, weil Maßstäbe so veränderlich seien mit der Zeit und weil Gegenstände immer nur nach etwas benannt würden. Hannah hatte dann einen Witz gemacht und ich hatte lachen können und wir hatten uns an einander und zusammen gedrückt. So war es gewesen.

Schulthoff hob eine Hand zum Gruß, mit der Innenfläche zu mir, als habe er nichts zu verbergen, wie ein Araber. Wenig erstaunlich wäre es mir gewesen, hätte er Salam gesagt, als er in die Hütte trat. Die Hunde schnüffelten schnaubend an meinen Hosenbeinen. Schulthoff sah mich an, als wollte er fragen, wie es geht, dann sagte er nichts. Wir sahen aus dem Fenster hinaus zu dem Fluss und die Hunde lagen und legten ihre Köpfe auf die Pfoten. Nach einer Zeit, die unbestimmt war, stand Schulthoff murmelnd auf und ging hinaus. Ich sah ihn auf dem Deich gehen, wie die Hunde wirklich hinter ihm trotteten, die Schnauzen am Boden. Seine Schritte waren ausholend, wie Hannah sagte, und sein Gehstock stach rhythmisch in die Luft, als wollte er etwas erledigen. Er wusste von der Gefahr, die im Wasser war, und ich hoffte, alles sei nicht wahr, denn so konnte ich nicht leben. Schulthoff hob einen Ast auf und schleuderte ihn in den Fluss. Nach einer Zeit würde der Ast an mir vorübertreiben. Blasen waren auf dem Wasser, schwammen in Buchten, zerplatzten, als sei etwas bereits entschieden. Hätte ich es nicht anders gewusst, würde ich glauben, die Blasen implodierten zu Tropfen. Das Wasser wirbelte Äste wie Reste von Bäumen mit sich, stieß sie beliebig und beiläufig ans Ufer und zog sie wieder zur Flussmitte, jagte sie dahin, wohin, oder trug sie träge fort, hin zum Meer. Auch eine tote Katze lag im Wasser, der Bauch war dick und das Fell schimmerte in nassem Glanz, trotzdem ähnelte sie Schrödingers Katze. Gern hätte ich gesehen, was im Wasser geschah, obwohl auch eine wortlose Angst in mir war. Es war wie ein Ziehen, und ich atmete tief, doch obwohl ich es schlimm nennen musste, hatte ich mich auch schon daran gewöhnt. Ein nur fühlbarer und unbeschreiblicher Druck war auf meiner Brust, so dass ich keine Luft bekam und keine Worte fand, um mich abzulenken. Ich wollte auch nichts erfinden, die Wirklichkeit schien sich mir zu entziehen.

Weit weg hing ein weißer Plastikbeutel in einem Strauch und als ich danach griff, war er leer. Er ließ sich ganz leicht zusammenknüllen, erstaunlich leicht, und verschwand in meiner Faust. Als ich ihn in einem Entsetzen fort warf, entfaltete er sich an der Schräge des Deiches und würde bald fort wehen. Wieder glaubte ich Schulthoff auf dem Deich zu erkennen. Er kam mir entgegen, und Gog und Magog, und als ich ihn sah, dachte ich nur, dass er mir entgegen kam und dass ich ihn nicht sehen wollte. Ich wollte nichts hören von der Gefahr des Hochwassers. Mit Hannah wollte ich irgendwo hin, woanders sein, auch in einer anderen Zeit leben, das war mir das Wichtigste.

Ich musste mir etwas einfallen lassen. Schulthoff ging den Deich hinunter, zum Dorf. Einen Arm hob er, über seinen Kopf, wie ein Jemand, der einem anderen Jemand freundlich gesonnen sein will, als wolle er einen Scherf beitragen.

Hannah würde ein Essen kochen, es würde eine Ordnung im Tag sein. Wir würden Stufen zum Meer hinunterlaufen und springen. In einer Felsspalte könnte eine gelbe Blume blühen, auch eine blaue, wir würden daran riechen. Wellen würden sich schaumgesäumt in den Strandsand überschlagen. Blasen glitten geräuschlos eilig zurück zum Meer, platzten schon vorher lautlos, zumindest unhörbar. Hannah zeigte mir aus ihrer Hand rieselnden Sand, sie stapfte Abdrücke ihrer Füße in den Erdboden, nur um sie von kommenden Wellen wieder wegwischen zu lassen. So wie wir Wörter in den weichen Wüstensand geschrieben hatten, um sie verwehen zu sehen. Du. Hannah. Ich. Sie ließ sich nach dem Schwimmen silberne Perlen von der Sonne fortzaubern, während sich goldfeine Härchen von ihrer Haut erhoben, in einer ersten Abendkühle. Weißer Glanz legte sich über die Meeresbläue, wurde verdeckt von glitzernd gelbem Gold, das sauber und steril aussah, wie rein, dann gab es am Himmel ein Alpenveilchenrosa und eine fast plötzliche, samtweiche Schwärze, durchsprungen von überirdischen Lichtern. Helle Vierecke auch in der Dunkelheit, es waren Fenster.

Im Sand spürten wir der Wärme des Tages nach, als sei etwas schon vergangen und vergessen. Hannah sagte, lass uns noch bleiben, als ich es dachte. Wir mussten uns wärmen, um nicht zu frieren und wir fanden zu einander und zu uns, ohne es zu wollen. In dieser Zeit lebten wir, als habe es kein Davor gegeben und als sei unser Tun folgenlos. Wie wir so zusammen waren, als es uns gab, war es, als entfernten wir uns terribler Zeit in extraterrestrische Räume. Unbedachte Möglichkeiten verbargen sich hinter verpassten Gelegenheiten. Ich entsagte meinen Gedanken, ich musste mir selbst genug sein. Kaum fand ich zu mir zurück, kaum fand ich mich wieder in der Wirklichkeit, suchend sah ich um mich.

Der Fluss und der Deich verliefen sich in einer Ferne, die ganz klein war. Es war die Ferne. Ich hatte einmal fort gewollt, um zu sehen, wo die Ferne ist, wie groß das Entfernte ist, ganz aufgeregt war ich gewesen. Wie groß war der Mond. Mein Vater hatte mich beruhigt.

Schulthoff stand bei einem Haus und sprach mit einem Mann, er zeigte mit dem gestreckten Arm zum Deich. Ich wollte mir nicht vorstellen, worüber sie sprachen. Schulthoffs Hunde liefen um die Ecke eines Gartenzauns.

Mir war auch noch nicht eingefallen, wieder von Hannah fort zu gehen. Meistens glaubte ich mir, die Deichwache schade mir nicht und wenn ich mich belog, wollte ich mich nicht ertappen. Ich wusste aber nicht, was wichtiger war, die Deichwache oder bei Hannah zu sein oder nicht woanders zu sein. Um einen Entschluss zu fassen, bekräftigte ich die Entscheidung, an einem der nächsten Tage den Arzt aufzusuchen. Ich dachte, ich müsste glücklich sein, weil es mein Wille war, in die Stadt zu fahren. Schnell ging ich schneller, als mir ein Film einfiel, dessen Thema und Stilprinzip die Langweiligkeit einer langen Eisenbahnfahrt war. Die Zuschauer hatten sich zum Schluss auch gelangweilt fühlen sollen. Hannah zwang sich, acht Stunden lang Schafen zuzusehen.

Als ich bemerkte, wie schnell ich ging, kam ich mir ganz fremd vor. Ich sah mich auch wie mit den Augen eines anderen Menschen, diese fast hastigen Bewegungen hatte ich mir nicht zugetraut und es machte mich traurig, dass ich eigentlich gar nicht so schnell mehr gehen konnte. Trotz meiner Traurigkeit wollte ich mir mein Gehen beschreiben. Aus dem wolkigen Grau hörte ich das Brummen eines Flugzeugs, es war ein Zischen und Brüllen, so weit weg war ich nicht von den Menschen. Ich versuchte mich zu trösten. Die Städte, wo es das Leben gab und den

Tod, wie hier im Dorf. Zur Stadt hin der Fluss, der schon am Dorf vorbeizog und nur immer größer wurde. Gefahren, die verborgen bleiben sollten, Dinge, an die ich nicht denken wollte.

Ein Schrecken durchströmte mich fast sanft, als ein Vogel zum Greifen dicht an mir vorbei flog. Als gäbe es keine Gefährlichkeit eines Menschen. Der Vogel schwebte dahin wie in einem normalen Geschehen und fort. Ich merkte, eine Verwunderung war kurz in mir gewesen. Der Wind wehte jetzt so heftig, dass ich nicht an mich denken konnte. Trotzdem spürte ich meinen Kopf ganz schwer, auch einen dumpfen Schmerz, im ganzen Körper war ein Schmerz. Einige Schilfstängel waren in einer Höhe abgeknickt. Wie ich diese Unwichtigkeit sah, drohte ich zu verzweifeln, zumindest glaubte ich daran. Ich wollte versuchen zu laufen, um von mir fort zu kommen. Tatsächlich lief ich und beim Laufen hörte ich mich keuchen. Das Herz schlug bald so schnell, dass ich fürchtete, es könnte stehenbleiben, dann ging ich wieder langsamer. Um ein Gleichmaß meiner Bewegungen wollte ich mich bemühen und sah doch nur ein ungeordnetes Nebeneinander einzelner Zuckungen. Gern wollte ich harmonisch aussehen und als es nicht gelang, hielt ich mich für schuldig, dass es nicht gelang. Nicht nur an der Deichwache teilnehmen wollte ich, ich wollte ein Teil eines Ganzen sein. Ich wollte auch nicht ich sein, wie ich geworden war, dachte ich mit einer Art Staunen. So lernte sich jemand hassen, wenn er es konnte, glaubte ich. Es gelang mir plötzlich, mich von meinem Versagen abzulenken. Gräser schwangen hin und her, als ob eine große Widerstandskraft in ihnen sei. Die Kraft zu widerstehen und eine Biegsamkeit, die sie im Wind nicht brechen ließ, obwohl sie schon grau und braun und tot waren. Zugleich glitt ein Wagen mit geräuschloser Geschwindigkeit durch das Dorf, verschwand hinter

Häusern und Büschen und tauchte doch immer wieder auf und in mein Blickfeld. Die Obstplantage deckte die Fahrt des Autos lange zu, bis ich glaubte, es sei verschwunden. Aber eine Kraft führte es den Weg entlang, den ich mir gedacht hatte.

Hannah und die beiden Frauen würden vielleicht etwas essen. Ich wollte so lange gehen und so weit, bis sich etwas änderte. Und ich konnte gehen, was mich wieder erstaunte, nur schien mir die Zukunft schlimm, und ich wunderte mich über meinen Entschluss zu gehen. Aber ich hatte Deichwache und musste das Hochwasser beobachten, ob der alte Deich Wasser durchsickern ließ. Sinnvoll war mein Gehen, wenn ein Dorfbewohner mich auf dem Deich beobachtete, dachte ich, und als wüsste ich, warum ich ging. Wie ein Mitglied der Deichwache sah ich aus in meiner bodenlangen grauen Kutte, die schwarz wurde im Gegenlicht auf dem Deich. So stellte ich mir meinen Anblick vor.

Als der Wind sich legte, wurde es ruhig und ich blieb stehen, um die Stille zu hören. Schwarze Bäume standen zum Dorf hin, als sei etwas angehalten worden. Wie die Unterbrechung einer Bewegung war es, und als ich dann weiter ging, hätte sich die Landschaft mit Leben füllen müssen, Äste würden schwanken oder Gräser zittern, zumindest das ziellose Flattern eines einzelnen Blattes, ein nicht erwarteter Ruf oder der Reiz eines Geruchs. Doch alles blieb wie tot und so ging ich weiter wie in der Vorwegnahme einer Zeit. Nicht traurig sein wollte ich, nur nicht traurig sein. Das Dorf sah unbewohnt aus, alles kam mir bekannt vor, wie gewohnt, ein Mann fegte einen Weg, was mir unsinnig erschien. Vielleicht wollte er den Weg auch nicht fegen, sondern nur eine Ordnung haben.

Ich bückte mich, so dass ein struppiges Gebüsch mir den Fluss verbarg. Ein Gebüsch wie Schlehen oder wie ein Rotdorn. Dann wieder strömte das Wasser, an den Widerständen des Ufers verlangsamte es sich und geriet immer wieder in Drehbewegungen. Dort wurden sogar schon Erdbrocken mitgerissen, Grashalme kreiselten, Tannenzapfen trudelten und Zweige kreisten in strudelndem Wasser. Ich blieb stehen, um zu sehen, wie es weiter ging. Das Wasser wellte sich hell und dunkel, schwarz und weiß war es im Aufleuchten der Augenblicke. Gekräuselte Oberflächen gab es und glatte Stellen ohne Unterschied, auch lange ruhige Wellen und Wirbel, die mich an abgedrehte Baumstümpfe eines Windbruchs erinnerten. Ein Vogel flog so hoch in der Luft, schwarz und klein. Ich hörte ihn nicht, sah ihn nur, wie zielstrebig flog er geradeaus. Plötzlich änderte er seine Flugbahn, er kehrte um und flog zurück, woher er gekommen war. Als würde er niemandem verantwortlich sein, sah es aus. Unaufhörlich und unaufhaltsam floss unterdessen das Wasser. Es veränderte sich ständig und war doch immer gleich. An einer unbewegten Stelle spiegelte ich mich im Wasser. Ich sah mich und ich dachte, so bin ich auch, obwohl ich es nicht war. Wenn ich nicht daran dachte, weiter zu gehen, konnte ich fast leicht gehen. Ich hielt mich nicht auf und je länger ich ging, desto mehr verging die Zeit. Der Abend kam näher und ich würde einen Tag hinter mich gebracht haben. Aus dem Schornstein eines kleinen Hauses quoll dichter weißer Rauch, in wallenden Formen, das sollte mir auch schon wie ein Trost sein. Ein Haus mit roten Steinen und dunklen Balken war es, hohe Bäume standen herum und alles gehörte zusammen. Dort lebten Menschen, ich sah es. In mich kehrte eine Art Zuversicht, ich wollte mich nicht aufhalten lassen und nicht zurück denken, wie ich hergekommen war. Ich sah zurück, der Fluss strömte gleichmäßig dahin, als sei nichts geschehen. Das war das Geschehen. In der Zukunft lagen Möglichkeiten offen, es gab denkbare Ereignisse. Tief musste ich durchatmen, die Lungen füllten sich, bis ich glaubte, bewusstlos zu werden. An nichts dachte ich, ganz leer wollte ich sein, bis ich einen Schmerz in meinem Körper fühlte. Ich spürte meinen Körper, als sei es nicht mein Körper. Auch davon wollte ich dem Arzt berichten, obwohl er es nicht beachten würde.

Hannah würde schon den Kamin leer räumen und Holz aufschichten, dass es nur entzündet zu werden brauchte. Ich dachte, es sei gut, daran zu denken. Wolken häuften sich grau und wie schwer, es wurde dunkler. Das Wasser floss noch, als gebe es keine Ankündigungen. Der Rauch über einem Haus wurde zerweht, bevor Formen sichtbar wurden. Das Schwanken der Bäume wurde ausholender. Gräser wurden mit den Spitzen auf den Erdboden gedrückt. Büsche wurden geschüttelt. Kein Vogel war zu sehen. Geräusche nahmen zu, die der Wind verursachte. In einem Garten loderte ein Feuer, ein Mann stand daneben, auf eine Harke gestützt blickte er in die gelben und roten Flammen, die in alle Richtungen schlugen. Der Mann warf etwas in den Feuerhaufen, dann gab er sich wieder einer Nachdenklichkeit hin, er gönnte sich das Beobachten. Vielleicht hörte er auch das Knistern der Zweige, als sie verbrannten. Vom Fluss kam ein Plätschern und Rauschen, Wellen überschlugen sich und es entstanden weiße Blasen, die auseinander und über die Wasseroberfläche liefen. Das Wasser floss in der Strommitte noch schneller als an den Rändern, es flog. Eine rote Plastikflasche schoss in einer geraden Linie dahin, zum Meer.

Einmal nur hatte ich eine Flaschenpost in einen Fluss geworfen und nie eine Antwort erhalten. Mein Bruder hatte eine Flasche mit einem Zettel darin gefunden und war in den Ferien nach Frankreich gefahren. Von einer Inversion der Geschehnisse hatte mein Vater gesprochen und meine Mutter hatte wortlos den Kopf geschüttelt. Beide hatten mich angeblickt, als wollten sie etwas ausgleichen. Schnell sah ich das Wasser strömen. Rot drehte die Plastikflasche vor einem Landvorsprung im schwarzen Fluss, bis sie zur Mitte des Stromes schwamm und fort trieb. Es sah ganz gewöhnlich aus, wie ein gewohnter Anblick auch der Mann, der in seinem Garten dunkle Zweige zusammen suchte. Als er nasses Gras auf die Glut warf, wallte der Rauch und quoll gelb und zäh. Die Bewegungen des Mannes wirkten planmäßig, so als wisse er, was zu tun sei. Es gibt eine Übereinkunft zwischen uns, schien sein Arbeiten zu sagen. Er stilisierte sein Tun, wie ein Pantomime, um seine Gedanken real werden zu lassen. Dieses Stilvolle seines Verhaltens machte mich nur noch traurig. Es gab nichts zwischen uns.

Im Wasser wankten und wogten Schilfstängel und auf einem dicken Pfahl eines Weidezauns saß groß ein Vogel. Ich konnte mir denken, wie er mit den Augen zwinkerte. Langsam breitete er die Flügel aus, langsam auch bewegte er sie, als er fort flog. Es sah aus, als würde er zur Erde herunter fallen müssen. Einen Weg ging ich, von dem das Gras abgefahren war auf zwei hellen Sandstreifen. Dazwischen gab es niedrige abgestorbene Pflanzen. Hinter dem Deich sah ich den Fluss schon nicht mehr. Vor mir stand ruhig eine Gruppe Erlen im Schwarz und Weiß eines Scherenschnittes. An einem Baum hingen Zweige strähnig herunter. Zunächst wollte ich zu Schulthoff gehen und ich ging auch schon zu Schulthoff. Meine nächste Deichwache würde ich absagen. Ich wusste mir nicht anders zu helfen, als zum Arzt zu gehen. In einem Baum saß eine Katze und blickte nach unten. Schulthoffs Hunde liefen unter dem Baum umher. Zuerst hatte ich die Katze gesehen. Als Schulthoff mich begrüßte, räusperte er sich. Hannah habe ihn besucht und er habe ihr seinen Kater, Lysistrata, geschenkt. Ständig hätten sich die Hunde mit dem Kater bekriegt. Ich sah eine sichelförmige Narbe über Schulthoffs Auge. Ein Gedanke kam mir an trepanierte Schädel aus inkaischen Zeiten. Schulthoff wollte mir Fotos eines früheren Hochwassers zeigen und ich erwiderte schnell, ich wollte zu Hannah, weil sie schon mit dem Essen wartete. Wieder sah Schulthoff mich an, wie um etwas zu sagen und sagte nichts.

Auf dem Weg zu Hannah fühlte ich mich gehemmt und erst als ich die Hemmung überwunden hatte, konnte ich weiter gehen. Kein Rot überschwemmte den Himmel, kein Violett flutete in die Nacht, schwarz und weiß und grau zeigte sich das Dorf zum Ende des Tages. Eine Frau grüßte knapp in der Kargheit des Winterabends. Die Geräusche waren fort und auch die Farben verschwunden. Nur der Geruch kalter Luft, bis der Rauch aus einem Schornstein zu mir herunter geweht wurde. Der sehr plötzliche Einfall durchschoss mich, diesen Rauch schon gerochen zu haben, doch ich konnte mich nicht erinnern.

Mitten im Dorf gab es ein Getreidefeld, ein abgemähtes Getreidefeld, die Halme standen hell wie Schriftzeichen aus der dunklen Erde. S-geformte Linien zogen sich hin. Das Licht verschwand schon hinter dem Horizont und aus keinem Haus trat ein Mensch um nachzusehen. Wie es wohl wäre, wenn jemand käme und ein Gespräch begönne. Unwirklich fern war das Grau des Himmels in unfassbarer Leere. Im Licht eines Fensters ging ein Mann immer hin und her hinter einer Gardine, mit auf dem Rücken verschränkten Händen.

Ich sah ein Kind zusammengekrümmt in einem Sessel sitzen, auf dem Fensterbrett standen Töpfe mit Blumen. In einem Haus in La Paz hatte ein Mann hinter einer offenen Tür an einem Schreibpult gesessen, das beladen war mit Papieren und an den Wänden standen Regale, die voll gestopft waren mit Akten und Büchern, so dass nur Platz blieb für das goldgerahmte Foto eines Mannes. Eine Frau nahm Geschirr aus einem Schrank, sie deckte den Tisch, und ein Mann saß dabei. Er hatte die Hände im Nacken gefaltet und streckte die Beine gerade von sich. In einem Transformatorenhäuschen tickte es aus vergitterten Fenstern. Bald würde die Frau die Kinder zum Essen rufen. Wie in früheren Zeiten. Eine Katze lief vor mir über den Weg, sprang einen Zaun hoch und jagte zum Haus. Es seien römisch viele Katzen im Dorf, hatte Hannah gesagt, und Moslems mögen keine Hunde, weil ein Hund Mohammeds Lager beschmutzt hätte. Wieder hörte ich das Geräusch eines Flugzeugs, vielleicht führte eine Route über das Dorf. Jedenfalls wollte ich jetzt keine Traurigkeit in mir dulden, auch keine Verzweiflungen. Aus einer hohen Baumkrone kam ein Ächzen, vor mir im Dunkeln glänzte nass und weiß die Straße. Die Gartenpforte quietschte, als ich sie schloss und ich musste denken, wie sich jemand bei dem Geräusch vornahm, die Scharniere demnächst zu ölen.

Ich hörte Hannah in der Küche singen. In der Diele tobten Hannahs Katze und Lysistrata. Annie und Christine seien schon abgefallen, sagte Hannah, während sie Milch in eine Schale goss. Die Katze wartete vor der Küchentür, Hannah rief Lysis und die Tiere beugten sich über den Fressnapf. Der Kater heiße ab sofort Lysis, Hannah möge den Frauennamen nicht. Die bereits abgereisten Frauen ließen mich grüßen, sie wollten noch eine Freundin besuchen, die in der Nähe wohnte.

Schulthoff habe Hannah gesagt, in den nächsten Tagen entscheide sich die Situation am Deich. Das Hochwasser habe bald den höchsten Stand erreicht. Die Deichwache müsse noch einige Tage aufgezogen werden. Ich hörte nur zu, wie die Sätze hart klangen. Hannah sah mich an. Sie brauchte sich keine Freundlichkeit abzuringen, als sie mich anlächelte. Ich wollte ihr ihre Liebe glauben. So müde fühlte ich mich und zerschlagen, dass ich ins Bett gehen wollte, um endlich zu schlafen. Hannah klagte, ich versuche, mich aus dem Tag zu stehlen. Sie überredete mich, noch etwas zu essen, sprachlos setzte ich mich an den Tisch. In einer Geschäftigkeit stellte sie schon Teller auf den Tisch. Ein Fuß schlug die Schranktür zu, während die Hände schon Besteck aus einer Schublade griffen. Sie bewegte sich so, wie ich es nie könnte. Keine Benommenheit gab es, nur bestimmte Handlungen. In einem Augenblick des Wartens klimperte ich mit dem Löffel auf dem Porzellan und Hannah rührte in dem Suppentopf. Wieder kamen Gerüche aus dem Topf, die an etwas erinnern sollten. Hannah sah mich an, wie um Gemeinsamkeiten herzustellen und wusste doch, ich konnte ihre Erwartungen nicht erfüllen. Fettflecke schwammen auf der Suppe und klebten später am Teller.

Hannah sprang auf, sie hätte vergessen, Petersilie über die Suppe zu streuen, trotz des Cadmiums, murmelte sie. Es sollte mich nicht angehen. Sie bedauerte den frühen Anbruch der Dämmerung und gleich lächelte sie, als habe sie einen Fehler begangen. Mit Vorsicht wollte sie den Abend hinter uns bringen. Ich ärgerte mich auch nicht mehr, weil sie das Geschirr erst am nächsten Tag abwaschen würde. Oder ich würde abwaschen. Wir saßen am Kamin und ich musste nichts sagen. Hannah sprach auch nicht von ihrer Arbeit. Ich hoffte, der Abend würde ohne eine Peripetie vergehen.

Hannah blätterte in einem Bildband. Sie sah sich tropische Wälder an wie etwas Fremdes, sie schüttelte auch den Kopf. Wie im Morgenlicht der Scheitel einer Düne rot und schwarz trennt. Sossusvlei. In Hannahs Blick gab es eine Arglosigkeit, die einen Menschen versöhnlich stimmen könnte. Auf einem Bild wölbte der Himmel sich wie ein Gewölk, eine Lichtsäule stand stützend unter einem Wolkenloch. Das Loch sah wichtig aus, als verberge es eine Leere. Eine Gruppe Menschen hatte Entzückungen in den Gesichtern, ohne dass im Bild ein Grund angedeutet war. Die Augen waren in eine Ferne gerichtet. Alte Frauen drückten sich schwarz an weißen Häuserwänden entlang. Ein grüner und schwarzer Frosch blickte aus dicken Augen. Ein Alter roch an einer rosa Rose, mit wässrigen, sehnsüchtigen Augen. Eine vergessene Sehnsucht, in die Vergangenheit gedehnt. Hannah fragte, welche Zukunft er sich wohl wünsche. Ein Bild zeigte einen Jungen, wie er sich gegen eine Lore stemmte, ein zu großer Filzhut saß verrutscht auf dem Kopf. Ich hatte eine erste lange Hose besessen, es war meine ersehnte erste lange Hose. Hannah wollte wissen, was aus dem Jungen auf dem Foto geworden sei. Oder hätte werden können. Ihre Hoffnung sei, dass Menschen nicht sind sondern werden. Woher sie kommen und wohin sie gehen. Ein Holzscheit fiel rot glühend und knisternd aus dem Kamin. Auf den Bodenplatten verdunkelte es und Risse sprangen in die Schwärze. In einer Zeitung las ich von einem Mann, der sich in einem Betrieb verdächtig gemacht hatte, weil er eine Beförderung abgelehnt hatte. Auf Betreiben eines Vorgesetzten hatte er dann entlassen werden sollen. Hannah ging zur Küche. Einmal sah ich sie stehen bleiben und sich nach etwas bücken.

An einen Mann musste ich denken, der nach Jahren der Gefangenschaft in eine Freiheit entlassen worden war. Er hatte sich als erstes eine gebratene Wurst gekauft, wie um eine Normalität zu erreichen, und dann versucht, telefonisch mit Bekannten Kontakt aufzunehmen. Von alten Bekannten hatte er gesprochen. Ich hatte ihn auf einer Bank in einem Park kennen gelernt, an einem Sommertag, den ich nur als schlimm erinnerte, mit hellem Licht vor uns, mit vielen Farben, die ich erblinzelte, und einer Vielzahl an Geräuschen. Hannah fragte, ob sie noch Holz auf das Feuer legen sollte, als ob ich eine Entscheidung zu treffen hätte. Ich sah sie an, bis sie schon Hände voll Holz in die klein gewordenen Flammen warf. Einige Holzscheite knackten, einige knisterten, andere zischten. Sehr lebhaft war es im Feuer, als das Holz verbrannte. Hannah blickte mit einem Interesse zwischen mir und dem Feuer hin und her. Ihr Kopf bewegte sich in einem Maß, das sich nicht verändern ließ durch die unregelmäßig zuckenden Flammen. Gern hätte ich jetzt eine Bekanntschaft mit einem Mann begonnen. Hannah klemmte auf einem Stuhl sitzend eine Schüssel zwischen ihre Beine, mit einem Messer kratzte sie Sand von Champignons. Für den nächsten Tag wolle sie Zungenragout vorbereiten. Ich hatte ihren Optimismus bewundert, als sie einmal einen aussichtslosen Kampf begonnen hatte. Einmal auch hatte sie für ein studentisches Parlament kandidiert. Später hatte sie dem organisierten Naturschutz Zeit gewidmet, weil er ihr wichtig war. Noch wichtiger war es ihr später, geflüchteten Menschen die deutsche Sprache näher zu bringen. Oft musste ich denken, dass sie das Richtige tat. Das Richtige.

Am Fußboden krümmte sich trocknend ein Stück Pilz. Hannah schob es mit dem Fuß zum Kamin. Die Schüssel stellte sie neben sich ohne hinzusehen. Eine alte Frau hatte auf einem hölzernen Hocker gesessen und mit einer Spindel Wolle gesponnen. Nie hatte sie sich gestreckt, nur waren ihre Augen manchmal müde von ihrer Arbeit fort gegangen, als müsse sie sich ihrer Umgebung versichern. Hannah trug die Schüssel in die Küche, die Vorbereitung des Essens war für sie beendet, sie würde sich einem anderen Tun ganz zuwenden. Auf den Bodenplatten war die getrocknete Nässe von Fußabdrücken. Ich beugte mich im Sessel vor, als Hannah mit leisen Bewegungen hinter mir ging. Eine Uhr schien mir nicht gleichmäßig zu ticken. Hannah stellte im Regal einige Bücher gerade, so, als wollte sie mir einen Gefallen tun. Von einem vertrockneten Blumenstrauß waren einige Blütenblätter herab gefallen, jetzt war eine Ruhe in das staubige Grau gekehrt. In einer Bewegung wie erstarrt hielt Hannah eine Hand neben ihrem Gesicht in die Luft. Nur noch aus dem Feuer hörte ich Geräusche, auch die Uhr war verstummt. Wie der Abend in immer kleinere Abschnitte zerfiel, wurde es immer schlimmer für mich. So hatte ich mich früher nicht gekannt. Kaum konnte ich noch an eine hilfreiche Zeit bei Hannah im Dorf glauben. Ich dachte auch daran, mich mir zu stellen und eine Zeit zu nutzen. Bevor ich an Gewesenes denken musste, fragte Hannah mich, ob ich Rotwein trinken wollte. Und so würde es sein, wir würden Rotwein trinken.

Als Hannah ging, auch um Gläser zu holen, sah ich auf dem Sims des Kamins Wüstensand in einem kubischen Glas, das mit einem Korken verschlossen war. Hannah erdachte eine Geschichte aus der Universität, sie wollte uns so fern halten von einer anderen Wirklichkeit. Die schlimme Wirklichkeit der Wirklichkeit. Ich konnte ihr nicht zuhören und sah nur das Rot des Weins im Licht des Kamins.

Die Flammen züngelten nicht mehr, es war nur noch ein warmer Schein. Das Feuer wisperte fast unhörbar. Vom Wüstensand ging ein heißer Geruch aus, ich stellte mir flache, fladenförmige Wolken vor.

Schleierige Fetzen, Zirrostrati. In Hannahs Geschichte gab es einen jungen Universitätslehrer, der an Krebs erkrankt war. Ein emeritierter Kollege werde Meister Boppe genannt. Es war mir wie ein Schwindel. Ich lehnte mich im Sessel zurück, legte die Füße hoch.

Der Rotwein schien mir gut zu sein, ich sah jetzt entspannt aus, wie ich saß. Als ich ein Dröhnen härte, stand ich auf und schaltete das Radio ein. Kaum hockte ich wieder im Sessel, sah Hannah mich mit schnellen Blicken von der Seite an. Wenn ich zu ihr hin schaute, blickte sie immer gerade weg, so dass wir uns stets knapp verfehlten. Ich verbarg mich dann im Sessel, wie um mir ein Geheimnis zu bergen. Ich wollte mich doch retten. Die Gedanken an meinen Tod waren schon fast ein leeres Gerede für mich, doch das war ich dann nicht mehr, wenn mir Zukünftiges einfiel. So war ich nicht. Es gelang mir nicht, mich zu überlisten. Wie ich zusah, als der Abend verging, wurde mir die Zeit immer länger. Mühsam quälte ich mich voran.

Hannah war über eine Arbeit ihrer Hände gebeugt. Ich hatte Angst vor der Nacht. Einmal sah ich Hannah auch auf dem Fußboden sitzen, die Hände um die angewinkelten Beine gefaltet und den Kopf schräg auf die Knie gelegt, so dass ihr Blick durch das Feuer ging, als habe sie sich vergessen. Dann sah sie mich mit entfernten Augen an, wie ich sie schon kannte, die Haare hingen über die Stirn, so war eigentlich ihr Aussehen. Ich sah, wie sie sich in sich fühlte. Ein Zögern lag in ihrem Sprechen, sie wollte nichts falsch machen, und doch war sie sich ganz sicher. Sie war sich auch ihrer Sache sicher. Wieder fiel mir ein, wie ein Afrikaner gesagt hatte, sie sei eine gute Frau. Ich hörte, dass sie gefragt hatte, ob wir schlafen gehen wollten und ich hörte mich ablehnen. Mein Satz klang klar. Wir sollten noch warten. Ganz fremd war ich mir, als ich mich reden hörte. Ich sprach von den langen Winterabenden und vom Kaminfeuer. Wie eine Sorte Holz gelb brennt, eine andere rot, eine dritte blau. Wie das Feuer wispert und flüstert, ächzt und stöhnt.

Wie das nasse Holz glomm und die Glut abkühlte zu grauschwarzen, manchmal weißen, weichen Haufen sehe es aus wie ein Nichts. Hannah sprach auch von Holz, das im Wald farblos und faserig modert. Wir saßen dann in einem Dunkel, ohne zu sprechen. Es war fast die Dunkelheit. Vom Hochwasser hatten wir nicht gesprochen, als ob es uns nicht betraf. Wir unterdrückten die Vorstellung vom Deichbruch. Als ich zum Fenster in das Schwarz der Nacht hinaus sah, konnte ich den Damm nicht erkennen, nur erahnen wie eine schwache Erinnerung an etwas Gewesenes. Vielleicht ging Schulthoff dort mit seinen Hunden. Gog und Magog, es war so ungewiss, dass ich mich ängstigte. Aus der Dunkelheit kam ein Klingeln, ein Telefon. Unbegreiflich war es als ein Geschehen, von dem ich nicht wusste. Schulthoff habe eine Tochter, die Lehrerin sei in einer Stadt.

Sie sei seine Tochter. Hannah habe sie kennengelernt, im Herbst im Wald. Im Herbst im Wald sollte wie alles erklärend und entschuldigend klingen. Die Tochter sei gekommen, nur um das trockene Rascheln der Blätter beim Gehen zu hören, als eine Erinnerung. Hannah drehte ihren Kopf, um mich zu sehen. Ich dachte es mir. Im Kamin loderte eine jähe Flamme. Hannah fragte, ob es nicht sei, wie wenn etwas vergessen worden sei. Als ich das Licht einschaltete, sah ich sie auf einem untergeschlagenen Bein sitzen. Mich sah ich mit einer Hand am Lichtschalter stehen. Plötzlich begannen wir uns zu bewegen, es war wie ein anlaufender Film. Oder wie die Aufnahmen für einen Film. Hannah sprang auf und reckte sich mit durchgebogenem Rücken. Sie bog Kopf und Arme nach hinten und stöhnte einen Laut. Gleichzeitig ging ich vom Lichtschalter weg zu dem erloschenen Kaminfeuer und setzte mich in den Sessel.

Hannah legte ihre Hände von hinten auf meine Schultern, wobei sie nur einen Laut ausstieß, der ihre Müdigkeit beschrieb. Ich konnte mir kein Geschehen denken, das sich außerhalb der Diele abspielte. Nichts hatte mit mir zu tun. Ich fühlte mich wie verloren. Unvorstellbar war mir auch eine Fortsetzung, ein Fortgang der Zeit. Eingekapselt glaubte ich mich und verlassen. Ein Druck war auf meiner Brust, der es mir unmöglich machte zu atmen. Schon kam eine Angst in mir auf. Hannah goss wieder Wein in mein Glas, sie trank Zider. Oder Viez. Als mein Glas von der Sessellehne fiel, sah ich das Rot über den Boden laufen. Ganz langsam flogen Scherben umher und blinkten matt wie durch einen Dunst. Ich erinnerte mich, wie zuerst das Glas herunter gefallen war und dann der Wein ausgeflossen war. Hannah ging, um einen Lappen zu holen und den Wein aufzuwischen. Sie sagte es mit einem Lächeln, während sie das Radio abschaltete.

Im Toilettenbecken sah ich den Urin schäumen. Ich ging aus dem Haus, um nicht mehr so tief atmen zu müssen. Als ich schluckte, war mir die Kehle wie umklammert. Ich sah Sterne und ich sah auch Wolken, die sich dunkel über einander häuften. Der Mond kam rot und groß wie rund durch die Nacht. In der Diele hörte ich Hannah nach mir rufen. Ein Vogel flog aus einem Baum, ich hörte ein Rauschen der Flügel. Hannah rief in der Küche nach mir. Als ich zu ihr ging, sagte sie, es sei schon gut. Wie wir in der hellen Küche von draußen zu sehen sein würden, daran dachte ich, und gleich glaubte ich, sie umarmen zu müssen. Die Vorhänge zog ich zu und ein Falter fiel tot aus einer

Rundung des Stoffes. Erstmals sah ich diesen senfgelben Vorhang. Der Falter lag auf dem Rücken und bewegte sich nicht, er war tot. Der Kühlschrank begann zu summen. Hannah hielt mit zwei Fingern eine Scherbe. Den kleinen Finger spreizte sie ab, wie meine Großmutter es beim Trinken tat. Ich aß einen welken, gelben Apfel und auf dem Fensterbrett zuckte die Flamme einer Kerze in der gleichen fahlen Farbe. In einem Glas schimmerte Heidekraut staubig rosa. An einen Torfbrand bei Moskau dachte ich, als der Himmel geschwärzt war und eine Hitze über den Ebenen lag. Sonnenblumen standen ruhig schräg nur in eine Richtung. Hannah kniff die Augen zusammen, wenn sie in die Ferne sah. Ein Glas Rotwein hatte ich unbemerkt getrunken. Irgendwo fielen Schüsse, es wurde vielleicht aus gutem Grund geschossen. Hannah hatte mein Glas schon wieder voll geschenkt. Nach einer Dienstleistung hatte ein Russe auch einmal gesagt, dafür nehmen wir kein Geld und die Ablehnung hatte eine Scham bewirkt. Erst später hatte sich herausgestellt, dass ein Verwandter von Hannah zur gleichen Zeit wie wir in Moskau gewesen war.

Hannah stieß an den Tisch, ein Bleistift rollte. Sie bewegte sich zwischen den Möbeln, wie es mir schon bekannt war. Für zwei Personen deckte sie den Tisch zum Frühstück. Ein Messer fiel herunter und als sie sich gebückt hatte, kam sie wie mit einem apoplektischen Kopf wieder hoch. Zum ersten Mal sah ich sie so, wie sie sich auch Haare aus dem Gesicht strich. Böse und wütend wollte ich sie mir vorstellen, auch nur verärgert oder verlegen. Wie sie mich vorwurfsvoll ansah und schrie und ein angebissenes Brötchen vom Mund riss und nach mir warf. Und wie verletzt sie Entschuldigung sagte und wie ich ein Gewissen in mir spürte. Und wie sie sich mir ganz weich und warm und lieb vorstellte. Und wie alles doch ganz anders gewesen war. Wie sie mich wie unschuldig bat, ins Bett zu gehen, weil sie müde sei. Ich goss mir auch noch ein Glas Wein ein und Hannah sah mich an, mit einem jetzt verständnislosen, bittenden Blick. So müde wie sie wollte ich sein und nur noch schnell Vorbereitungen für den nächsten Tag treffen.

Das Glas Wein trank ich in einem Zug so, dass ich mich verschluckte. Ich hustete rote Flecken an die weiße Wand und setzte das Glas hart auf den Tisch und es zerbrach. Hannah wischte die Scherben schon in einen Abfalleimer, ich sah es. Sie goss noch zwei Gläser voll, die sie neben das Bett stellte. Im Liegen las sie Adorno, Über die geschichtliche Angemessenheit des Bewusstseins. Mehrmals hörte ich Geräusche, mit denen Hannah das Gelesene kommentierte, auch schrabte zuweilen ein Stift über das Papier. Ich sah Asche von ihrer Zigarette fallen und die Wölbung der Bettdecke hinabrollen. Als ich die Zigarette ausdrückte, glaubte ich mich verbrannt zu haben und einen Schmerz zu fühlen. Hannah drehte sich auf eine Seite, um Wein zu trinken. Ich wollte einige Sätze in das Tagebuch schreiben, unterließ es aber, um jetzt nicht die Wirklichkeit zu verändern. Nichts bemänteln wollte ich. Hannah legte ihr Buch geöffnet auf den Bauch und sah mich an. In der Diele fauchte und knurrte die Katze. Oder der Kater. Hannah sah mich noch an und ihr Gesicht begann von einem Lächeln überzogen zu werden, bevor sie in ihr Buch sah. Ich nahm wieder eine Tablette, um schlafen zu können. Endlich, dachte ich auch, schlafen zu können, obwohl eine Angst in mir war. Leise glaubte ich die Katze in der Diele laufen zu hören, es regnete. Das Rieseln ging dann in ein Rauschen über. Wie das Wasser am Fenster murmelte, glaubte ich, etwas werde fort gewischt. Wie eine Umhüllung war es, alles war ganz weich um mich. Ich versank.

Siebtes Tagewerk

Als ich erschrak, lag Hannah nicht neben mir. Ich horchte, um sie zu hören, doch es gab nur eine dunkle Stille. Und ein fortwährendes Tropfen, hohl und hart, nur eine Reihung kurzer Geräusche. Vorsichtig bewegte ich mich und die Bettdecke raschelte, wie ich es schon kannte. Die Luft reichte mir nicht zum Atmen, ich konnte auch nicht denken, wie es weiter gehen sollte. Als ich alten Zigarettenrauch roch, fühlte ich mich nicht mehr so sehr beengt. Plötzlich kam mir auch der Gedanke, zu Elisabeth nach Afrika zu fahren. Ich könnte sie bei ihren Krankenbesuchen begleiten. Ihre Kinder würden mich als einen Fremden ansehen und es könnte sich ändern.

Bevor ich das Radio abschaltete, hörte ich Der junge Mann, der offenbar die Nerven verloren hatte, wurde von einem Soldaten erschossen. Ich ging dann in die Küche. Hannah hatte schon gefrühstückt, Zungenragout stand in einer weißen Schale auf dem Tisch. Zusammen mit Elisabeth könnte ich Vögel fotografieren und die Bilder würden wir unserer Mutter schicken. Auf dem Spiegel im Badezimmer waren weiße Spritzer getrocknet. Wieder hörte ich den Wasserhahn tropfen. Hannah hatte Handtücher ordentlich auf die Waschmaschine gestapelt, und dennoch war ich nicht beruhigt. In einer Bürste schlangen sich Hannahs Haare um die Borsten, in einer Ecke lagen Strümpfe hingeworfen, auf dem Spiegel klebte ein Etikett des Herstellers. Wie ich mich im Spiegel erblickte, beunruhigte ich mich noch mehr. In der Küche kam mir wieder der Gedanke, zu Elisabeth zu fahren. Ich sah Schlieren im Tee ziehen, dann quollen Wolken. Es regnete nicht mehr, die Fensterscheibe war gleichmäßig nass. Hannah war schon auf dem Weg zur Universität. Ich glaubte sogar, Elisabeths Mann gern wieder sehen zu wollen. Einmal hatte ich ihm gezeigt, wie Mühle gespielt wird. Als ich das Notebook über die Diele trug, sah die Katze mir zu. Ich stellte das Gerät in der Küche auf die Truhe. Eine flimmernde Angst durchzog mich bei dem Gedanken, wie ich mich bewegte.

Die Wolkendecke verschob sich geschlossen, als werde die Erde unter ihr fortgezogen. Ich versuchte, ruhig am Fenster zu stehen, hinauszusehen. Unvorstellbar war, dass Hannah etwas gleichzeitig tun würde, als ich durch das Fenster über die Landschaft sah. Dass Elisabeth noch lebte, war mir schon unglaublich. Bevor ich einen Teller aus dem Schrank nahm, ließ ich ihn dort stehen. Ich sah nach, ob in einer Vase auf dem Fensterbrett noch Wasser war. Bunte Vögel waren auf der Vase zu sehen. Eine Porzellandose mit Butter stellte ich in den Kühlschrank. Dann holte ich die Dose wieder heraus und stellte sie auf den Kühlschrank.

Ich dachte auch an Hannahs geübte, unauffällige Bewegungen in der Küche und fühlte mich schuldig. Fast gleichzeitig fiel mir ein, dass ihr Vater Rotarier war. Ich zog an der Tischdecke, damit die bunten Linien parallel zu den Tischkanten verliefen. Rot, orange und violett sah ich die Linien. Am Schrankfenster klemmte das Bild eines Mannes, dessen Gesicht zeigte, wie er geworden war. Meine Großmutter hatte viele Fotos ihrer Verwandten am Küchenschrank klemmen gehabt, nach dem Tod der Großmutter hatten wir auf den Rückseiten der Bilder religiöse Sprüche entdeckt. Ich sah um mich, um noch etwas zu tun.

Auf der limosen Wiese vor dem Küchenfenster sah ich einen schwarzen Vogel ganz langsam hüpfen, als sollten seine Bewegungen verdeutlicht werden und zerlegt. Nach jedem Sprung wippte der Schwanz. Ich goss Tee in eine Tasse, bis er rundum gleichzeitig über den Rand floss. An einem Baum störte mich ein letztes braunes Blatt. Weil ich den Baum ganz leer von Blättern haben wollte, ging ich hinaus und riss das Blatt herunter. Von der Türschwelle aus sahen die Katze und der Kater mir zu. Lysis, dachte ich, den Namen der Katze wusste ich nicht, ich wusste auch nicht, ob Hannah sie benannt hatte. Die Katzen sahen mich an und ich sah die Katzen an, ich konnte mir nahezu eine Zärtlichkeit vorstellen. Auf dem Kaminsims stand noch das Glas mit dem Wüstensand und gleich dachte ich an eine Landschaft nur aus sanften, geschwungenen Linien. Ich griff nach dem Glas und wunderte mich, es war kalt in meiner Hand, wie ein Morgen in der Wüste, mit verschleiertem Horizont und wie feuchtem Sand. Langsam erwärmte sich das Glas, ich entfernte mich in eine begrenzte, wie ewig sich dehnende Ebene.

Die Katze krallte sich in mein Bein und ich hätte das Glas fallen lassen können. Ich erschrak so, dass die Katze fortlief und mich aus einer größeren Entfernung ansah. Gern wollte ich mich auch über mich ärgern. In der Küche war der Tee kalt geworden. Der Baum vor dem Küchenfenster schien mir jetzt ohne Bedeutung, ich wünschte das Blatt zurück an den Baum, um mich gestört fühlen zu können. Ich war ärgerlich, weil ich nicht ärgerlich war. Teilnahmslos sah ich auf den Baum wie die Idee einer Möglichkeit, wie der Baum auch von mir unabhängig wurde. Ich glaubte gar nicht, dass da ein Baum stand. Als ich aus dem Haus lief, dachte ich daran, zum Briefkasten zu gehen, um mich verständlich zu machen. Verzweifelt war ich und verwirrt. Bilder schoben sich über einander. Ein Bild von einem gackernden Huhn, eine wippende Taube, nach Körnern pickend. Ganz unwahrscheinliche und ganz wahre Bilder.

Eine alte Frau sah sich auf dem Markt um, nie bewegte sie die Augen, nur den Kopf drehte sie. Und die feuchte Flüchtigkeit huschender Wolken in Machu Picchu nach viertägiger Wanderung, der Rest einer Erinnerung. Als ich Hannah im Gesicht der Alten sah. Das Schild an der weißen Wand. The early bird catches the worm! Am Meer ein immer wiederkehrendes, ein immer wieder ansteigendes Rauschen, ein Auf und Ab, das war ein Thema, das mich lange beschäftigte. Das sich in die Gedanken einschleichende Rollen der Wellen. Möwen, die sich im Wind schütteln ließen, Pelikane, die auf dem Wasser ruhten oder in der Luft auf Beute warteten. Ein ganz friedlicher Kampf war das. Auch rund geschliffene Glasscherben und Muschelschalen und hart getrocknete Tiere, die Metamerie einer Rundform. Ein Junge mit nackten, schmutzigen Füßen, aus einer Wunde am Bein war Blut gesickert, eher geflossen und unbemerkt getrocknet, dann runde, schon ruhig gewordene Augen. Un Peso por Papa. Dicht am Meer eine Bretterbude mit dem wie symbolischen Wellblechdach. Ich sah mich auf einem Stein sitzen und merkte, wie ich nass wurde. Wie der Junge im Gehen eine Zigarettenkippe aufgenommen und geraucht hatte. Das Wasser floss kalt um den kalten Stein, meine Hände passten sich der Form des Steines an, das Wasser formte meine Hände nach. Schließlich stand ich doch auf, ich erhob mich und sah mich zum Briefkasten gehen. Das Wasser drang in die noch trockenen Falten meiner Kleidung. Vor dem Briefkasten blieb ich stehen, weil ich wusste, die Botin hatte noch keine Post verteilt. In jede Richtung der Straße sah ich einmal und ging dann wieder, wie vergeblich, zum Haus zurück.

An den Schuppen stand ein Rad gelehnt, mit wie abgeknicktem Vorderteil. Als ich vor dem Rad stand, das Dreieck des Rahmens und die Rundungen der Räder mit den Augen nachvollzog, dachte ich, zum Deich zu fahren. Ganz klar und unvoreingenommen war ich, als ich auf das Rad stieg, kaum bemerkte ich das Treten. Ich fuhr wie von selbst und war mir meiner Bewegungen nicht mehr bewusst. Plötzlich rutschte mein Fuß von der Pedale, ich zuckte im Erschrecken über mein Tun, gleichzeitig sah ich eine Metallmarke, die in einen hölzernen Lichtmast geschlagen war, ich hatte Mühe mit mir, weiter zu fahren. Das Treten war eine Anstrengung geworden.

Am Deich sah ich den noch gestiegenen Fluss. Das Wasser schwappte in gleichförmigen Zuckungen über platte, braungraue Gräser, der Strom schnappte schon nach dem Deich. Unaufhörlich zogen die Wasser an mir vorüber, monoton und rauschend und manchmal glucksend. Es war wie eine schon begonnene Entwicklung, der ich nur zusah.

In der Nacht waren noch Säcke mit Sand an und auf den Deich gestapelt worden, wieder gefiel mir, wie ordentlich sie gelagert waren. Zwischen den Säcken waren dunkle Linien so, dass ein wie sinnvolles Muster zu sehen war. Ein Kunstwerk. Ich überließ mich dem Anblick des Deiches und des Stromes, die sich in einer Art Eintracht in Windungen in die Ferne verliefen.

Wie etwas Fremdes schlängelte sich der Fluss breit durch das Land und als ich es sah, dachte ich nicht an die Gefahr und an keine Angst. Zum Dorf hinüber blickte ich mit einem dumpf ziehenden Gefühl, als wisse ich von einem letzten Mal. Schnell rollte ich die Straße vom Deich hinunter zu Hannahs Haus, und als ich über einen Stein fuhr, hüpfte ich mit dem Rad wie in einer Freude. Der Gedanke an die Freude kam in mich wie eine verschwommene Erinnerung, vielleicht auch eine Erinnerung aus der Zukunft. Das Rad stellte ich an die Schuppenwand, mit leicht angewinkeltem Vorderrad, als sei nichts geschehen. Ich sah das Rad auch an, als sei ich gar nicht fort gewesen, als hätte ich mir nur Gedanken gemacht über die Unwirklichkeit der Wirklichkeit und über die Wirklichkeit der Unwirklichkeit. Die Katzen kamen mir entgegen gelaufen und dennoch wie in einer Erwartung. Ich streichelte Lysis und die Katze gleichzeitig mit beiden Händen. Die Vorstellung der Gefahr am Deich betraf mich nicht mehr. In der Küche stellte ich einige Dinge an ihre Plätze, die Porzellandose mit der Butter stellte ich doch in den Kühlschrank, einen dicken wollenen Kaffeekannenwärmer legte ich auf einen Hängeschrank. Ich überlegte, wie ich mein Vorhaben verwirklichen konnte, wie ich zum Arzt in die Stadt fahren würde. Wie sich auch Jemand nicht verwirklichen und stattdessen verwirken könnte, daran dachte ich.

Mir fiel auf, dass es in der Küche nach nichts roch, nur das Ticken einer Uhr hörte ich in einer Anstrengung. Dann summte der Kühlschrank, wie um etwas gut zu machen. Den Katzen goss ich warme Milch in den Napf, auch dies war nur eine Handlung, um etwas zu regeln, schien mir. Wie nach einer Anstrengung setzte ich mich auf die Tischkante, und sah um mich, was zu tun blieb. Ich konnte mir überhaupt nicht vorstellen, fertig zu werden. Ein zusammen geknülltes Papiertuch nahm ich vom Tisch und ließ es in einen Abfalleimer fallen. Einen Beutel Pfefferminztee hängte ich nur zur Erinnerung in eine Tasse und goss heißes Wasser auf. Eine dunkle Sehnsucht zog mich in die Vergangenheit. Das schmutzige Geschirr stellte ich in ein Spülbecken, saubere Tassen und Teller ordnete ich in einen Schrank. Dann blies ich weiße Dampfschleier von der Oberfläche des Tees, genau so, wie ich es doch schon oft getan hatte. Mein Blick begann an der unteren Rundung einer Porzellanschale zu schwingen, verharrte dann. Äpfel lagen in der Schale und Weintrauben, die nicht in die Jahreszeit gehörten. Die Porzellanschale war aber eine Kalebasse, die mit Schnitzereien verziert war. Eine Frau trug ein Kind in einem Wickeltuch auf den Rücken gebunden, Llamas trotteten einem Indio hinterher, ein Tier sah nach Oben. Eine India ließ eine Spindel kreiseln.

Ich stellte die Teetasse verkehrt herum in das Spülbecken. Die Vorhänge zog ich so weit vor das Küchenfenster, bis das Haus auf einen Vorbeigehenden einen friedlichen Eindruck machen müsste. An einem Zweig zitterten die Spitzen in die Stille, ein Vogel hüpfte auf einem Ast. Ich glaubte, jetzt fahren zu können und dachte auch daran, nicht zu Hannah in das Dorf zurück zu kommen. Wie zum letzten Mal ging ich durch das Haus und sah noch einmal in den Kamin, wo ganz ruhig ein Haufen Asche lag. Lysis streckte wie unschuldig die vorderen Beine weit von sich, wie es möglich war. Der Sand aus der Wüste war noch im Glas verschlossen.

Zur Bushaltestelle ging ich ganz unauffällig, ohne ein Gepäckstück. Als ich wartete, stand ich ruhig und fühlte auch keinen Schmerz in mir. So plötzlich, dachte ich, könnte es mir doch besser gehen. Im Bus wusste ich nicht, welchen Platz ich wählen sollte. Schließlich setzte ich mich irgendwohin. In einem Dorf stiegen eine alte Frau und ein Kind ein. Die Alte hatte ein Lächeln nur aufgesetzt, das Kind saß neben ihr und blickte angstvoll immer geradeaus. Am Bahnhof stieg ich aus dem Bus und ging mit gleichmäßigen Schritten zum Zug, der schon bereitstand. Ich achtete darauf, mit jedem Schritt möglichst wie beiläufig nicht auf die Ritzen zwischen den Gehwegplatten zu treten. Um eine Entscheidung zu vermeiden, setzte ich mich im Zug gleich neben die Tür. An einem Kiosk nahm ein Mann eine Bierflasche wie erstaunt vom Mund, als ich wieder ausstieg, um eine Zeitung zu kaufen. Ich legte im Zug die Zeitung aufgeschlagen auf meine Beine, und wieder fühlte ich mich so müde sein, dass ich glaubte schlafen zu können. Endlich wieder schlafen zu können.

Ich wusste auch nicht, wie es weiter gehen sollte, ich wusste auch, dass meine Krankheit und meine Geschichte nicht ein plötzliches Ende nehmen würden. Als der Zug anfuhr, sah ich zum Fenster hinaus, wie der Bahnhof meinen Blicken entzogen wurde. Zwei Schulmädchen kamen durch den Gang, setzten sich und legten die Füße auf die gegenüberliegende Bark. Ein Mädchen öffnete erst eine Tüte kleine Bonbons für sich selbst, dann eine zweite Tüte für das andere Mädchen. Die Landschaft, schon ohne Häuser, flog in immer schnelleren Bildern vorüber. Ein Vogel erhob sich groß und schwer, viel zu langsam und doch angemessen. Gräben lagen wie silberne Bänder auf dunkler Erde. Zitternde Bäume standen schwarz in grauen Wiesen. Es regnete in gläsernen Fäden. An einem Waldrand stand ein Mann in einem grünen Mantel. Er hob die Hand, wie um den Zug zu grüßen.

Die Landschaft war jetzt ganz weit ohne Bäume, Pfähle von Zäunen steckten wie vergessen im Land. Als ich daran dachte, was alles auf mich zukam, als ich fortfuhr, führte die Angst mich auf mich zurück, doch ich fühlte jetzt keinen Schmerz. Nur das Atmen war mir schwer und im Hals würgte zäh ein Kloß so, dass ich mir zuhörte. Der Zug fuhr in einen Tunnel und ganz plötzlich war ich in einer Dunkelheit. Ich hörte ein Rattern und Rütteln, dann nur noch ein ruhiges Rauschen.

Inhalt